KB212915

허공의 어름사니

허공의 어름사니

박병대 작품집

불교문예

프롤로그

　나의 삶을 돌아보며 고해苦海의 마음 시린 세월을 벗어나는 이야기를 하고 싶었다. 한 가닥 줄을 타는 허공의 어름사니처럼 아슬아슬한 외줄기 삶의 고통 속에서 허우적거리며, 고통과 괴로움을 벗어나기 위해 한때는 종교도 갖고 있었으나 만족할 수 없었다. 하여 종교 없이 고통의 삶을 영위한 것이 돌이켜 보니, 모든 고통들이 도道의 길을 가는 수행이었다는 것을 깨닫게 되었다. 미워하기도 하고 원망하기도 하고 저주하기도 했던 것들이, 감성을 멸滅하고 감정만 날뛰는 생활이 되어 마음의 문을 열지 못했다. 욕심의 희망은 고문이었고 수없이 찾아오는 절망은 죽음을 사유하게 하였다. 하나씩 꺾어가는 절망이 쌓일 때마다 죽음은 자연스럽게 다정한 벗이 되어 있었다. 이루어지지 않는 욕심에 지쳐 어느 날 욕심을 내려놓았다. 마음이 편안해졌다. 새로운 세계가 펼쳐지고 홀로 수행을 하였다. 사유를 하고 명상을 하며 자연을 찾아 깨달음을 축적해 갔다. 욕심을 내려놓은 후부터 세상적인 가치를 추구하지 않았다. 힘든 세월을 가며 저녁마다 책상에 앉아 괴로운 심사를, 백지에 토로하며 마음의 위안을 얻었던 것이 늦은 나이에 시인이 되는데 기여하였다. 일상생활을 하며 내 마음을 성찰하고 자각하기를 게을리 하지 않으며, 나름대로의 화두를 짊어지고 도道의 길을 걸었다. 어느 날 궁극의 깨달음에 도달했는지 무한한 평안함이 가득히 내 안에 들어왔다. 그 평안함은 누수 되지 않았고 평정심을 이루게 되었다. 이것을 고통과 괴로움으로 살아가는 분들께 작은 위안이라도 되기를 희망하며 나의 수행 이야기를 나누고 싶었다.

불교문예작가회에서 활동하다 보니 불교 공부를 하게 되었다. 스승님 없이 홀로 수행 했던 날들을 지나서 재가불자在家佛者가 되어 BBS 불교방송국에서 유튜브에 올린 이중표 교수님 강의를 시청하며 마음에 스승님으로 모시고 불교 공부를 한다. 불교 공부를 하며 불교는 마음 공부하는 학문이지 종교가 아니라는 것을 새롭게 알게 되었다.

〈붓다의 철학 2 : 1강~3강〉이중표 교수님의 강의를 BBS 불교방송의 동영상 유튜브로 시청하며 모든 말씀을 무한 반복하여 그대로 옮겨 적어 함께 수록하였다. 유튜브 시청하며 물 흐르듯이 책속의 글에 시각의 초점을 얹어 흘러가면 생생한 시청각의 현장감으로 지루함을 잊고 재미있고 즐거운 행복한 시간이 될 것이다. 모든 독자 분들의 마음이 불국토가 되기를 기도하며 글을 맺는다.

2024년. 9월
靈樂軒에서 虛無 박병대 절

*유튜브 BBS 불교방송 이중표 교수 강연 〈붓다의 철학 2〉
 동영상을 녹취하여 4부에 수록함.

차례

제1부

저것을 보라

자연에는 생명이 있고
생명에는 세상이 있다

자연에는 존재하는 것들이 있고
생명에도 존재하는 것들이 있다

태어나서 죽음에 이르는 생명의 유효기간은
보고 듣고 냄새 맡고 맛보고 느끼고 생각하는 기간이다

생명은 생명을 먹고 몸뚱어리 키우고
몸뚱어리는 생명을 태운 열로 생명을 유지한다

생명의 유효기간이 삶이고
한 덩어리 생명이 삶의 시스템이다

생명의 유효기간에 세상이 있고
생명이 죽으면 세상도 죽는다

아상我想은 체험하며 분별하고 생각하여
개념으로 이론을 세워 대립하는 시스템이다

눈에 보이는 모든 것들은 존재이다
존재의 형상을 이해하는 데는 명사가 필요하다

모두에게 약속된 명사를 알아야
너와 나의 소통이 이루어진다

객관적인 명사는 아상我想에 축적되어
아상我想의 주관적인 세계가 확장된다

외향을 지향하는 것은 형상 있는 명사의 세계이다
욕심은 명사의 세계에서 일어나 고통과 괴로움이
축적된다

내향을 지향하는 것은 동사의 세계이다
동사의 세계는 형상이 없어 고통과 괴로움이 없다

부처님께서 말씀하셨다
오온五蘊(색수상행식色受想行識)을 취한 오취온五取蘊
이 괴로움이다

색수상행식色受想行識의 세간世間 중생세계가
외향外向을 지향하는 명사名詞의 세계이다

내향을 지향하며 동사를 통찰하는 것이 수행이다
내면 깊숙이 들어갈수록 깨달음이 축적되어 열반
(해탈)에 이른다

깨달음을 보라
싫고 좋고, 선하고 악하고, 옳고 그르고, 있고 없고가
없다

내면內面으로 가는 중도中道의 길을 찾아라

중도中道의 길에 깨달음이 있고 평화가 있고 행복
(열반)이 있다

생명의 출발

꽃은 식물의 모태이며 자궁이다.
식물에게도 지혜가 있어
대代를 이어가며 생명을 유전한다.

자궁에 잉태한 민들레꽃은 사라지며
많은 줄기의 씨앗에 바람 잘 타고
멀리 날아가라고 솜털을 달았다.

물가에 자라는 모감주나무는
나뭇잎 같은 받침에 씨알 올려
물위에 둥둥 떠가서 번식을 한다.

길게 자란 잡초 뽑아내면
다시 올라오는 잡초의 생육기간은
뽑아낼 때마다 짧아지며 다 자란다.

연꽃의 씨알은 무량한 세월에도
썩지 않고 조건이 갖추어지면 꽃을 피운다.
식물은 생명을 유전流轉하는 지혜가 있다.

동물은 어미의 자궁에서 잉태되어 생명줄 갖춘
탯줄 끝에서 생명 되어 이목구비 팔다리 형성되면
좁은 자궁에서 넓은 세간世間으로 나와 자란다.

자연의 모든 생명은 시달려야 생명력이 강해진다.
흙에 뿌리내린 생명은 비바람에 시달리고
세간世間에 태어난 생명은 살기위해 시달린다.

식물의 줄기는 시달려야 굵어지고
동물은 먹이를 위해 힘껏 달리는 시달림으로
근육이 튼튼해져 생명을 보존한다.

모든 생명은 무의식으로 출발하여
느낌을 인식할 때 행동을 유발한다.
아기는 본능의 느낌이 고통과 괴로움이다.

자라가면서 선명해지는 의식의 성장으로
배고픔, 생리현상, 춥고, 덥고, 아픈
감각은 울음으로 고통과 괴로움을 호소한다.

몸에 들어온 음식이 영양을 공급하여
발산한 열이 몸뚱어리를 키워가며
생명을 유지하는 것이 삶이다.

순차적으로 겪어가는
태어나서 늙고 병들어 죽는
생로병사生老病死는 자연의 섭리이다.

아상我想

주관적으로 나를 인식하는 것이 아상我想이다.

아기는 나를 인식하지 못하는 원초적 본능으로 자라가며 싹트는 의식으로 자신을 인식하고

맘맘으로 말문이 트이고 맘마 엄마 빠빠… 거리며 더듬더듬 말을 배운다.

엄마는 까꿍 하며 아기에게 웃음을 유발하여 까르르 웃게 하여 아기의 얼굴근육과 성대를 단련시키고 도리도리 잼 잼 곤지곤지 짝짜꿍 섬마섬마 하며 아기 근육을 단련시켜 홀로 서게 한다.

어린이가 되어 왕성한 호기심으로 존재물存在物을 가리키며 이게 뭐야?

묻는 말에 엄마아빠는 이름을 알려준다.

어린이는 이렇게 축적된 명사로 존재물存在物을 이해하며 소통한다.

사물私物을 소유하게 되면서 나我라는 주어로 나我를 앞세워 경험하는 모든 것들은 주관으로 형성된 아상我想으로 하여 고통과 괴로움을 수반隨伴한다.

아기세계, 어린이세계, 소년세계, 청소년세계, 청년세계, 중년세계, 장년세계, 노년세계, 말년세계의 경계를 넘어설 때마다 변화되는 각각의 세간世間에 따른 고통과 괴로움은 끝없이 축적되어 삶의 회의가 찾아온다.

세간世間에서 나라는 주체를 끌어안고 문득 내가 누구지 자문自問하게 되고 내가 나지 누구긴 누구야 자답自答하지만 아상我想은 내가 누군지 알 수 없다는 것을 깨닫게 된다. 불교에서 전해지는 유명한 화두 "이 뭣꼬"는 너는 누구냐고 묻는 화두이다.

분별심分別心으로 자라는 욕심

눈밭에서 굴리는 눈덩이가 커지듯이
마음은 분별심分別心으로 하여 욕심이 축적된다.
아기세계에서 말년세계에 이르기까지
넘어가는 경계의 세계마다 욕심은 눈덩이처럼 불어
난다.

분별심分別心으로 얻고자하는 물질을 취하고
경쟁하고 비교하며 비교우위에 서려는 노심초사는
욕심을 키워가며 더 큰 고통과 괴로움의 아상我相인
자아自我는
불가역적인 것에도 번뇌망상煩惱妄想으로 괴로움이
축적된다.

절망에 들어서면 의지 처를 찾아 방황하며
종교에 의지하여 신神을 찾아 평안을 도모한다.
욕심을 이루기 위해 기복신앙이 생겨나고

종교에 의지하여 복을 간구하는 기도를 한다.

욕심을 취해가며 축적된 업보業報가
마음을 짓누르는 고통과 괴로움을 가져온다.
생각하고 행동하는 모든 것이 업보業報이다.
모든 종교의 밑바탕 교리는 사랑이다.

명사名詞로 분별分別하여 욕심을 키우며
괴로움이 축적되는 것을 피하고
동사動詞로 분별하여 사랑과 선善한 업보業報로
기쁜 마음을 축적해야 한다.

외면지향外面志向의 삶

　　세간世間의 삶은 외면外面을 지향하는 아상我想들의
세간世間이다.
　　내가 이루고자 하는 욕심이 외면外面으로 발산되어
잘살기 위해서 끊임없이 재물을 취하고
더 높은 지위에 오르려는 권모술수가 난무한다.

　　비교우위에 서기위해 수단과 방법을 가리지 않고
칭송받기 위해 가식적 언행으로 심신을 혹사하며
뒤쫓아 오는 자로부터 멀리 달아나는 삶으로
몸과 마음은 고통 속에서 괴로움으로 피폐해진다.

　　돈, 권력, 명예를 향하여
부나비 되어 날아다니는 아상我想의 세간世間이다.
힘든 날이 이어지며 지쳐있는 자신을 인식하고
휴식과 마음의 평안을 위하여 자연을 찾는다.

명상에 젖어 심신의 평안을 꾀하다 세간世間으로 나
오면

세속世俗의 욕심으로 또다시 고통과 괴로움이 축적
된다.

외면外面의 물질과 지위를 탐하는 욕심의 윤회輪廻로

노심초사하는 아상我想이 외면지향外面志向의 삶이다.

내면지향內面志向의 삶

외면지향外面志向의 중생들의 삶은
욕심으로 점철되어 끊임없는 경쟁으로
피폐해지는 심신의 괴로움이 날로 축적되는
불행한 고통의 길을 가고 있다.

내가 최고라는 우월의식에 사로잡힌
망상妄想으로 괴로움이 일어나고
돈, 권력, 명예를 쟁취하기 위한 노심초사로
경쟁하는 권모술수는 수단과 방법을 가리지 않는다.

감성은 사라지고 내면內面에는
날카로운 이성理性만 시퍼렇게 날을 세워
만족하지 못하는 욕심으로
괴로운 마음이 소용돌이친다.

궁극적인 삶의 목적은 행복이다.

행복하기 위해서는 욕심을 내려놓고
내가 최고라는 아상我想을 잊고
자아自我를 성찰省察해야 한다.

외향外向을 지향指向하는 명사名詞의 세간世間에서
내면內面을 지향志向하는 동사動詞의 수행으로
마음을 성찰하여 삿되지 않은 올바른 판단으로
깨달아 가는 삶이 되어야 한다.

우리는 습관적으로 타성에 젖어 마음을 잊고 지내왔다.
잊은 마음을 되찾아 매 순간 자신의 행위를 자각하고
고요히 명상하며 내면內面을 성찰하고 통찰通察하여
마음에서 일어나는 현상을 보아야 한다.

성찰하여 명상하는 것이 수행이다.
일상생활의 모든 것을 인식하고 자각하여
내가 무슨 짓을 했지 하는 자문自問도 해가며
사랑과 선善을 축적해 가는 것이 수행이다.

자신의 마음이 어떤 작용을 하고 있는지 성찰해 보라

희로애락喜怒哀樂 생로병사生老病死가 마음에 있지 아니한가

사랑하는 사람과 헤어져야 하고 미워하는 사람과 만나야 하고

구하려 해도 구해지지 않는 괴로움이 있지 아니한가

색수상행식의 탐욕과 집착이 번성하여 괴롭지 않은가

마음에서 일어나는 이러한 괴로움의 뿌리를 캐내는

끊임없는 자아성찰自我省察로 깨닫고, 깨닫고 깨달아가는

삶이 그대에게 행복을 줄 것이다.

제2부

낮은 곳으로 가라

세간世間의 욕심을 내려놓고 낮은 곳을 지향志向하며 겸손한 마음으로 수행의 삶을 영위하는 것이 고통과 괴로움을 멸하고 깨달음을 얻어 진정한 평화와 행복을 구하게 되는 길이다. 얻으면 얻을수록 더 많이 갖고 싶은 끝없는 욕심은 더 높은 곳으로 올라서려는 마음을 부채질하여 고통과 괴로움을 가져다준다. 경쟁에서 이기기 위한 투쟁의 삶은 이룰 수 없는 자아망상自我妄想도 찾아와 헛된 노력의 시간을 보내기도 하며 좌절의 고통과 괴로움을 겪는 아상我相을 보기도 한다. 많은 고생으로 고통과 괴로움을 겪은 이는 약한 자를 보면 동병상련을 느끼며 측은지심으로 이해타산을 따지지 않는 도움의 손길을 절로 내민다.

남의 눈을 의식하고 무시당하는 것이 괴롭고 자존심을 지키는 투쟁으로 타인을 업신여기고 무시하고 비아냥거리며 내가 최고다, 하는 자아망상自我妄想에서 깨어나 남의 눈을 의식하지 않는 주체적인 삶을 살아야 한다. 명품 옷을 입고 귀금속을 착용하고 상대 앞에서 우쭐하며 내가 부럽지 라는 말은 하지 않지만 상대가 부러워해 주기를 바라는 마음이 간절한 행동을 하게 한다. 손가락에 낀 다이아몬드반지 자랑질하는 손 내두르고 명품가방 뒤적이며 들었다 놓기를 반복해도 반응 없는 상대에게 명품의 프로필을 주지시키며 부러워하라는 강요도 간접적으로 하며 우쭐거린다. 명품으로 칠갑을 했다고 비난하는 것은 아니다. 모든 사람이 형편과 이치에 맞는 삶을 살자는 것이다. 어떠한 쓰임새의 물질이라도 실용적인 것이 명품이다. 자랑하기 위하여 신경 쓰는 부질없는 일이 얼마나 피곤하고 부질없는 일인가. 남보다 우위에 서려는 욕심이 피곤한 삶이다. 생각해 보라, 그것이 얼마나 많은 피와 땀을 흘리는 피곤하고 고통스러운 삶인지. 남보다 낮은 곳에 서는 것은 경쟁하지 않는 평안한 삶이다. 낮은 곳에서 모든 이들을 존중하고 사랑하면 경쟁자 없는 평화로운 삶이 찾아온다. 행동으로 실천해 보라. 거짓이 아님을 깨달을 것이다.

자아성찰自我省察

소년시절 우리골목의 한 집에서 초상이 났다. 초상집 대문 왼편에는 창호지로 둥글게 입혀 한자로 근조라고 적힌 조등이 걸려있었고, 아래에는 하얀 쌀밥의 사자 밥과 짚신이 놓여 있었다. 조등弔燈 속 촛불의 불빛은 불그스레한 빛에 젖어 문전을 밝히고 있었다. 초상집에서는 많은 사람들의 울음소리와 곡소리가 들리고, 굴건에 삼베옷 입고 대나무 지팡이 짚고 슬픔에 잠겨있는 상주의 모습과 향 타는 냄새가 흘러나왔다. 죽음에 대한 무의식이 깨어난 것인지 두려움이 몰려와 공포에 젖은 무서움이 온몸을 압박했었다.

죽음을 인식한 후 세월에 희석되었던 죽음의 의식이 되살아나고 죽음이라는 화두는 내면에 정착하여 떠나지 않았다. 죽음이란 것이 무엇일까. 궁금증이 발발하면서부터 나의 아상我想에 대한 자아성찰自我省察이 시작되었다. 평화롭고 행복하지 못한 가정환경으로 하여 고통과 괴로움의 불안한 마음이 지속되던 어느 날, 죽음의 실체도 알지 못한 가운데 막연히 죽고 싶다는 생각을 하였다. 죽음의 화두를 안고 아상我想의 내면內面을 성찰省察하는 세월을 보내며 종교에서 사람이 죽으면 영혼이 몸 밖으로 나와 허공을 떠돈다 하였다. 영혼은 천당과 지옥중의 한 곳으로 하나님의 심판을 받고 간다고 하였다. 불교에서는 극락과 지옥을 염라대왕의 심판으로 간다고 하였다.

극락, 천당, 지옥은 미루어 알겠는데 영혼이 무엇이지 하는 궁금증은 풀리지 않았다. 죽음과 영혼의 두 가지 화두가 번갈아 가며 얼굴을 내밀었다. 내면內面을 지향志向하는 자아성찰自我省察의 모든 행위가 수양이라는 것을 당시에는 몰랐다. 수십 년의 세월이 흐른 후 죽음과 영혼의 화두가 깨지며 머리카락이 쭈뼛 솟구치고 온몸은 전율이 흐르며 소름이 돋아나고 형언할 수 없는 희열이 일어났다. 잠시 후 희열이 진정되자 죽음이 따뜻하고 포근한 고향집 같다는 느낌이 온몸을 감싸고 마음은 평화로웠다.

괴로움을 멸滅하는 길

삶이 힘들 때 누군가에게 의지하여 위로받고 싶었다. 마음의 평안을 도모하기 위해 멘토 찾아 방황하고 철학서적을 읽기도하며 종교에 의지하여 하나님도 찾고 부처님도 찾았으나 종교의 환경이 부정적이어서 종교를 버리고 스스로 평안을 도모하며 외로운 행보로 도道 닦는 수행을 하였다. 괴로운 생활에서 절로 나오는 것은 긴 한숨과 죽음이었다. 반야심경의 색즉시공色卽是空 공즉시색空卽是色을 명상하고 나만의 화두로 자연물을 통찰하며 생활 속에서 자신의 내면內面을 성찰省察해 가는 명상을 하였다. 수양으로 도道의 길을 가는 것이었다.

세간世間에서 또 다른 평화의 세계를 이루어내는 수행은 괴로움을 멸滅하고 깨달음을 이루어 열반에 드는 것이다. 아상我想을 성찰省察하고 자신의 실체를 탐구하여 죽음과 영혼이 무엇이고 괴로움은 어디서 오는 것인지 세간世間을 방황하며 자연을 명상하여 교훈을 얻고 자연의 섭리를 깨달아 가는 수행의 길을 한없이 가게 되었다. 괴로움을 멸滅하는 길은 아상我想을 벗고 욕심을 내려놓는 것이다. 돌아보니 나를 앞세워 욕심으로 생활하거나 욕심을 내려놓고 생활하여도 편차 없는 삶이었다는 것을 깨닫게 되었다. 욕심을 내려놓는 순간부터 마음이 평화로웠다. 하지만 욕심을 내려놓는 것이 쉬운 일은 아니었다. 아등바등하며 가마솥 펄펄 끓는 물처럼 욕심을 끓이다 마음이 지쳤을 때 욕심을 내려놓자고 생각했으니 욕심과 싸우다 결국에는 욕심에게 항복한 것이었다.

  세간世間에서의 항복은 굴욕이어도 욕심에게 항복하니 평화와 행복이 마음에 찾아왔다. 살아오면서 맛보지 못했던 안락한 평정심이 찾아오니 괴로움도 많이 사라졌다. 마음을 명상하니 욕심 가득한 마음으로부터 괴로움이 일어난다는 것을 깨닫게 되었다. 모든 것이 마음의 작용으로 일어난다는 것을 깨닫고 유발되는 괴로움의 뿌리를 뽑아야겠다는 생각을 하였다. 하여 마음에 끌려 다니며 생활했던 것을 거두고 마음

을 끌고 다니며 생활하는 삶이 시작되었다. 즉 명사名
詞의 생활에서 동사動詞의 생활로 전환된 것이다. 나
의 행동을 즉시즉시 성찰省察하며 깨달음을 얻고자
함이었다.

괴로움을 멸滅하는 명상으로 생활하며 자연을 보니
자연에는 괴로움이 없었다. 하여 자연을 닮아 자연이
되자고 생각하였고 나도 자연물의 일부라는 생각이
자연스럽게 마음에 젖어들었다. 자연은 모든 것에 순
응하고 있음이 느껴졌다. 자연도 섭리에 순응하며 홀
로 있었다. 물은 낮은 곳으로 흘러 궁극에는 바다에
이르고 하늘에 올라 구름 되어 바람에 순응하여 떠다
니다가 조건이 갖추어지면 비가 되어 낮은 곳으로 흘
렀다. 물, 물방울, 이슬, 눈, 성에, 서리, 얼음, 안개,
구름, 수증기는, 물의 성질은 같으나 형상에 따라 이
름을 만들어 각각의 명사名詞로 약속하여 이해하며 소
통이 이루어진다. 자연의 움직임이 자연의 섭리이고
돌 틈에 뿌리내려 꽃피우는 생명도 자연의 섭리였다.

수행의 길을 가다

1

고통과 괴로움이 일상적이었다. 죽고 싶었다. 죽음이 무엇인지 알고 싶었다. 죽음이라는 화두가 처음으로 찾아왔다. 자신이 죽어있는 모습이 상상으로 보였다. 나의 시체가 보이고 주변의 사람들이 보였다. 종교에서 말하는 영혼이 대두되고, 육체가 죽으면 영혼이 빠져나와 하늘을 떠돈다고 하였다. 영혼이 무엇이지? 하는 또 하나의 화두가 주어졌다. 죽음과 영혼 두 개의 화두에 몰입하고 잊기를, 거듭해 가는 수십 년의 세월이 흘렀다. 어느 무더운 여름 한낮의 낮잠 속 꿈에서 깨어, 홀연히 죽음과 영혼의 실체를 확연히 깨달으니 머리카락이 쭈뼛 곤두서며 온몸에는 소름이 돋고 극도의 희열이 가득한 몸뚱어리는 희열덩어리였다.

2

잠시 찾아온 희열덩어리의 심신은 그때뿐이었다. 고통과 괴로움은 여전히 사라지지 않았다. 심신이 지치면 자연을 찾아가 보이는 자연물을 명상하며 마음의 평안을 도모하였다. 열심히 살아도 핍진乏盡을 벗어나지 못하는 고통과 괴로움으로 시달리며 하루의 일과가 끝나면 음악을 들으며 휴식을 취한 후에 저녁을 먹고 고요한 밤을 벗 삼아 책상에 앉아 글 쓰는 나날이었다. 자신을 성찰省察해 가며 하얀 노트에 하고 싶은 모든 말들을 쏟아내고 나면 심신이 평안하였다.

3

최선의 노력에도 진전 없는 삶에 지쳐 자학의 시간을 보냈다. 마음에 평안을 주는 것을 찾아 음악을 듣고 그림을 그리고 단소를 불었다. 어느 날 문득 욕심을 버리자는 생각이 찾아왔다. 욕심을 비우니 여유가 찾아오고 심신이 평화로웠다. 욕심을 비우고 살아도 전과 같은 삶이었다. 마음은 평화로워도 괴로움이 불쑥불쑥 찾아오는 날에는 자연을 찾아가 명상을 했다. 무수히 많은 자연물 하나하나가 화두가 되어 명상의 소재가 되었다.

4

욕심을 비우니 자아自我의 실체가 드러나고 있었다. 외향外向을 지향志向했던 삶이 방향을 전환하여 내향內向을 지향志向하는 삶으로 변모되어 있었다. 내향을 지향하며 외향의 세계를 관조하는 생활이 되어 지난날의 일들을 명상하였다. 세간世間에서 사람들에게 시달리며 생활했던 것들이 드라마틱하게 펼쳐지고 있었다. 이해타산으로 벽을 쌓고 이룰 수 없는 일에 매달려 과대망상으로 노심초사하며 허우적거리고 미워하고 원망하고 저주도 하였던 모든 것들이 욕심이었다는 것을 깨닫게 되었다.

5

고통과 괴로움에서 벗어나고자 교회에 다녔다. 하나님을 찾아 위안을 얻고 목사님의 설교로 삶의 에너지를 충족하고 싶었다. 목사님은 티끌하나 없는 하얀 백도화지 같은 성자로 생각하고 무조건 맹신하는 광신도였다. 다른 목사님의 일탈이 신문기사에 거듭 실려 있는 것을 읽고 신도들의 그릇된 행태로 큰 실망을 하게 되어 교회를 나가지 않았다. 몇 년의 세월이 흐르고 절에도 들어가 주지스님께 수기受記를 받고 절에 다니며 부처님께 예불하고 스님의 법문도 들어가며 스님께서 말씀하신 부처되는 수행을 하였으나 절에 갈 때마다 공양하는 자리에서 신도들의 온갖 험담이 난무하여 절에 다니는 것을 포기하였다.

6

어느 곳에도 의지하지 않고 홀로 수행하는 삶을 영위하였다. 자연을 찾아 자연을 명상하니 자연의 섭리가 깨달아지고 궁극에는 명상의 범위가 우주까지 확장되어 우주공간의 무한한 자유가 내면으로 들어왔다. 시인이 되어 불교문예에서 활동하고 있다. 홀로 수행하다 보니 불교에 대한 지식이 없다, 하여 불교공부를 하는 재가불자在家佛者가 되었다. 깨달음에 이르는 것은 불교지식으로 이루어지는 것이 아니다. 살아가며 몸소 체험하여 깨닫는 것이 축적되어 궁극적으로 깨달음에 이르는 것이다. 불교지식은 수행을 하는

데 보조적인 역할만 하는 것이다. 그동안 수행하며 깨
달아 온 것들로 하여 불교를 이해하는데 어려움 없이
즐겁게 불교공부를 하며 수행과 더불어 용맹정진하고
있다.

마음

일상생활을 하며 자신을 돌아보는 것이 자신의 행복을 이루어가는 길이다.

변화무쌍한 세상살이에서 많은 일들을 겪어갈 때 기쁜 일 보다는 괴로운 일이 압도적으로 많다는 것을 대부분의 사람들은 긍정할 것이다. 가정에서부터 직장이나 자영업자, 기업을 운영하는 운영자나 사회 각 분야의 모든 사람들은 사람들에게 부대끼며 더 나은 삶을 살기 위해서 물질을 추구하는 일에 첨예한 신경을 써가며 긴장된 생활을 하고 있다. 그러다 보니 인명경시의 풍조가 만연한 세상이 되어 마음 놓고 다닐 수 없는 지경에까지 세상이 변모되어 있다.

우리는 왜 사는가 하는 물음을 다시 물어야 할 의무가 있지 않을까? 왜 사느냐고 물으면 그냥 살지요 라고 어느 시인이 언급하기도 했지만 그냥 산다는 것은 본능을 벗어나지 못한 정글의 법칙에 따른 약육강식의 동물들에게나 해당되는 말이다. 이해타산을 따지며 유형무형의 재화財貨를 취하는 일에도 정글의 법칙이 살아 요동치는 세간世間의 세태에서 목숨을 부지하며 살아내는 일로 다양한 형태의 괴로움이 축적되고 있지 아니한가? 잘못된 일인 줄 알면서도 자신의 이익을 취하는 불의에 동조하여 눈덩이처럼 불어나는 화禍를 입고 피눈물 흘리는 사람들도 있다. 이는 무명에서 벗어나지 못한 무지의 행동을 마음이 제어하지 못한 과보果報이다.

행복을 추구한다는 것이 세월이 갈수록 행복과는 멀어져가는 삶을 살고 있는 것은 어제오늘의 일이 아닌 작금의 세태이다. 화禍가 쌓여가며 울화가 되어 분노가 치솟아 오르고 자신을 다스리고 제어하는 자제력이 상실되어 이유 없이 타인에게 위해하며 궁극에는 우울증으로 세상과 괴리된 생활을 하는 가여운 삶의 불행을 맞이하기도 한다. 이 얼마나 슬프고 마음 아픈 일이 아니겠는가.

행복하기 위해서는 이와 같은 모든 괴로움에서 벗

어나야 한다. 그러기 위해서는 행복 프로젝트를 구현하여 실천해 가며 타성에 젖은 생활로 잊은 마음을 되찾아 성찰하는 것을 생활화하여야 한다. 마음이 어떻게 작동하고 있는지 인식하는 것을 잠시도 멈추지 말아야 한다. 보고, 듣고, 냄새 맡고, 맛보고, 말하며, 느끼는 것을 세심하게 성찰하고 통찰하여 올바르게 생각하고 분별하여 이치와 섭리를 깨달아가는 삶을 축적하여 지혜의 지평을 넓혀가는 생활이 되어야 한다.

불교를 공부하다

불교문예작가회 회원으로 활동하며 행사에 참여하니, 불교공부를 하는 돈독한 불자 시인님들이 계셨고 회장님도 스님이셨다. 작가회의 명칭이 불교문예작가회이어도 발행되는 문예지는 일반 문예지와 다를 바 없는 순수문예지이다. 이는 글을 쓰고자 하는 모든 사람들에게 불교문예작가회의 문이 열려있다는 의미이다. 돈독한 불자 시인님들께서 불교에 대한 글을 쓰기도 하지만 이는 시인님들 창작성향에 의한 것이고 다양한 성향의 작품들도 불교문예지에 수록되고 있다.

불교공부를 하며 알게 된 새로운 사실은 불교는 종교가 아니고 학문이라는 것을 알았다. 사찰의 불상은 부처님을 의미하는 것이 아니고 부처님의 거룩한 법을 형상화한 상징물로 이는 기독교에서 말하는 우상이 아니라는 것을 알려주고 싶다. 부처님의 법法은 신

神이 아님으로 우상이 될 수 없고 깨달음에 이르는 길을 안내해 주는 지도와 나침반 같은 것이 부처님의 법이다.

부처님 이름은 고타마 싯다르타이다.

지금의 네팔과 인도국경 부근에 샤카족의 카필라왕국을 정반왕이 통치하고 있었다. BC 560년 정반왕과 마야부인 사이에서 정반왕의 후계자로 국왕 자리를 물려받을 왕자 고타마 싯다르타가 태어났다. 고타마는 최고라는 의미의 성이고 싯다르타는 이름이다. 샤카족은 소를 숭배하였고 석가모니는 샤카족의 성자라는 뜻이다. 마야부인은 출산일이 가까워오자 친정에서 출산하는 관습에 따라 출산하기 위해 친정으로 가는 도중에 네팔의 룸비니동산에 이르러 산기가 있어 고타마 싯다르타를 출산하고 일주일 만에 산독에 의해 사망하였다. 정반왕 슈도다나는 샤카족의 관습에 따라 마야부인 동생 마하파자파티를 맞이하니 고타마 싯다르타는 이모의 정성어린 양육을 받고 29세에 아들이 태어나자 이를 시종이 알려주니 라훌라하며 탄식을 하였다. 시종은 마야부인에게 왕자님께서 라훌라 하며 말씀 하셨다고 전하니 마야부인은 아들 이름을 라훌라로 지었다. 출생한 자식에게 아버지가 말하는 첫마디가 자식의 이름으로 삼는 샤카족의 관습이었다. 라훌라는 앞길을 막는 방해물이라는 의미의 말이 아들 이름이 된 것이다. 이는 부처님께서 출가의 뜻을 간직해 오다가 아들로 인해 뜻을 이루지 못하겠다는 탄식이었다. 하여 새벽에 왕궁을 빠져나와 출가하셨다.

생로병사生老病死의 고통과 괴로움을 해결하고자 명망 있는 수행자를 찾아다니며 명상수련의 대가 알라라 칼라마를 스승으로 하여 무소유처無所有處의 명상법을 배웠으나 만족하지 못하여 웃다카 라마풋타 스승을 찾아가 수행하며 비상비비상처非想非非想處라는 고차원 명상의 경지에 도달했지만 이 또한 해탈解脫에 이르지 못함을 깨닫고 스승을 떠나 더는 찾아볼 수행자가 없어 홀로 보리수나무 아래서 6년간의 수행을 명상하며 정진수행하여 7일 만에 바른 깨달음을 얻어 35세에 붓다가 되었고 40년간 설법하시다 BC 480년 80세에 말라쿠시나르에서 열반하셨다.

부처님께서는 나는 신神이 아니니 추앙하지 말고 나의 형상도 만들지 말라고 하시며 나도 사람이고 여러분도 사람이니 나처럼 수행하면 나와 같은 부처가 될 수 있다고 하셨다. 나는 다만 고통과 괴로움을 멸하는 방법의 다르마를 알려주어 깨달음을 얻고 부처가 되는 길을 인도하는 것이며 깨달음을 얻는데 있어 다른 사람을 믿지 말고 자신을 믿고 어느 것에도 의지하지 말고 법法(다르마, 부처님 말씀)에 의지하라고 하셨다. 말로만 하는 것은 믿지 말고 나의 법法도 믿지 말고 직접 보고 듣고 확인한 것만 믿으라고 하시며 깨달은 후에는 법法(다르마)을 버려도 좋다고 하셨다.

불교의 교리는 사성제四聖諦(고집멸도苦集滅道)이다. 고성제苦聖諦, 집성제集成諦, 멸성제滅性諦, 도성제道聖諦를 사성제라고 한다. 부처님께서는 사성제를 이해시키기 위해 오온五蘊(색수상행식色受想行識)과 육근六根(안이비설신의眼耳鼻舌身義), 육경六卿(색성향미촉법色聲香味觸法), 육식六識(안식眼識, 이식耳識, 비식鼻識, 설식舌識, 신식身識, 의식意識)과 삼학三學(계정혜戒定慧=팔정도八正道)와 십이연기12緣起(안이비설신의眼耳鼻舌身義

색성향미촉법色聲香味觸法)을 설법하셨다.

  불교를 공부하며 부처님 설법의 용어를 간략하게
말하고 나의 수행과 부처님의 법法을 대비해 본다.

사성제四聖諦(고성제, 집성제, 멸성제, 도성제)

고성제苦聖諦

세간世間 중생들의 괴로움은 세월이 흘러도 변하지 않는 것으로 고苦는 태어날 때부터 시작된다. 원하는 것들은 뜻대로 되는 일이 별로 없고 건강하게 살고 싶어도 병은 찾아오고 청춘으로 살고 싶지만 몸뚱어리는 늙어가고 죽음이 오면 모두 버리고 생명을 마치게 된다. 태어나서 늙고 병들고 죽는 순간까지 생로병사生老病死가 괴롭고 고통스런 삶이다.

부처님은 중생의 삶이 괴롭고 고통스러운 생로병사生老病死를 해결하여 모든 생명들이 행복한 삶이되기를 간절히 희망하며 부귀를 버리고 출가하여 6년간 수행하고 보리수나무 아래서 7일간 명상정진冥想精進하여 깨달음을 얻으시고 붓다가 되셨다.

집성제集聖諦

살아가면서 집착, 취착, 탐착이 갈애渴愛(욕심)로 하여 괴로움이 쌓여가는 것으로 자신이 지은 업보業報를 말한다. 자신이 지은 모든 생각과 행동이 업보業報이다. 업보業報는 선善하고 악惡한 행동 모두가 업보業報이며 이를 일컬어 업業을 짓는다고 한다. 즉 삶의 모든 자체가 업보業報인 것이다.

멸성제滅聖諦

갈애渴愛(욕심)로 일어나는 괴로움과 고통을 소멸하는 것이 멸성제滅聖諦이다. 뿌리가 남아있는 나무가 죽지 않듯이 괴로움의 뿌리를 마음에서 캐내면 괴로움은 소멸된다. 괴로움은 갈애渴愛(욕심)로부터 일어난다. 괴로움이 일어나는 것을 막으려면 마음에 뿌리내린 갈애渴愛(욕심)를 파내야 한다. 즉 욕심을 버리면 괴로움이 사라진다.

도성제道聖諦

깨달음에 이르는 길을 안내하는 것으로 어디에도 치우치지 않는 중도中道의 길을 말한다. 극단적인 쾌락이나 고행, 그사이의 적당한 상태의 생활로 도道의 길을 안내하는 것이다. 거문고 줄이 팽팽하거나 느슨하면 좋은 소리를 낼 수 없고 적당한 상태가 유지되어야 좋은 소리를 낼 수 있듯이 적당한 상태의 삶이 중도中道의 길이다. 중도의 길을 안내하는 것이 삼학三學의 계정혜戒定慧인 팔정도八正道 이다.

삼학三學

계정혜戒定慧 팔정도八正道를 삼학이라 한다.

계학戒學─몸과 입과 생각으로 죄짓는 것을 항상
　　　　경계하라는 것

정학定學─몸으로 잘못하는 행동, 입으로 잘못하는
　　　　말, 생각을 잘못하여 죄짓지 않는다는 마
　　　　음을 확실하게 정定하는 것

혜학慧學─탐진치貪瞋痴에서 벗어나 몸의 행동과 입
　　　　의 말과 생각을 항상 올바르게 하는 것.

　삼학三學은 계학戒學, 정학正學, 혜학慧學으로 세분되
어 통찰해 가는 순서를 안내하여 괴로움을 멸滅하는
수행으로 인도한다.

계학戒學—정어正語 정업正業 정명正名-의사적意思的인 면.

정학定學—정정진正精進 정염正念 정정正定—감각적
　　　感覺的인 면.

혜학慧學—정견正見 정사유正思惟—지식적智識的인 면.

팔정도八正道

정견正見─일체는 그렇게 존재하는 것이 아니며 집
　　　　기集起해 있으면서 집기集起 한 이유를 바르
　　　　게 알면 멸滅할 수 있음을 보는 것.

정사유正思惟─정견으로 일체一切를 보았으면 본대로
　　　　사유思惟하는 것.

정어正語─사유思惟한 대로 말하는 것.

정업正業─보고 사유思惟하고 말한 대로 행동하는 것.

정명正命─매 순간순간 그렇게 살아가는 것.

정정진正精進─욕慾 탐貪을 멸하는 수행을 끊임없이
　　　　하는 것.

정염正念─자신의 행동을 흩어짐 없이 바라보는 것.

정정正定─어디서나 내가 없으며 내가 없으니 대상
　　　　對象에 빠지지 않고 머무는 것.

오온五蘊

오온五蘊은 색수상행식色受想行識으로 12입처十二入處에서 연기緣起한다.

색온色蘊—모든 형태, 보이는 모든 것.
수온受蘊—느끼는 마음.
상온想蘊—생각하는 마음.
행온行蘊—조작하는 마음.
식온識蘊—형성된 의식, 분별하는 마음.

오취온五取蘊—몸과 마음에 취착取着된 형색의 오온
五蘊(괴로움).

12입처十二入處

안이비설신의색성향미촉법眼耳鼻舌身義色聲香味觸法

육근六根—안이비설신의眼耳鼻舌身義(감각기관)
육경六境—색성향미촉법色聲香味觸法(감각의 대상)

육근六根	육경六境
안眼 : 보고 ———	색色 : 눈에 보이는 것들 : 눈에 보이는 대상의 형상과 색깔
이耳 : 듣고 ———	성聲 : 들리는 소리 : 감각대상의 소리
비鼻 : 냄새맡고 ——	향香 : 냄새 : 코의 대상
설舌 : 맛보고 ———	미味 : 맛 : 혀의 대상
신身 : 만지고 ———	촉觸 : 만지는 것 : 감각의 대상
의義 : 생각하고 ——	법法 : 의식 : 생각의 대상

18계十八界=육근六根 +육경六境 +육식六識

객관계　　　┌─── **주관계** ───┐

안계眼界──색계色界──안식계眼識界

이계耳界──성계聲界──이식계耳識界

비계鼻界──향계香界──비식계鼻識界

설계舌界──미계味界──설식계舌識界

신계身界──촉계觸界──신식계身識界

의계義界──법계法界──의식계義識界

육근六根　　**육경六境**　　**육식六識**

제3부

수행을 반추하다

수행의 길을 되돌아보며 불교를 공부한다. 홀로 걸어온 수행의 길이 올바른 길이었는지, 바르지 못했던 수행으로 망상에 젖어있지는 않았는지 아울러 살펴보고자 한다. 하여 잘못된 수행은 다시 통찰하고 망상에 젖었던 확신은 거두어들여 거듭나는 계기가 되고자 한다.

사성제四聖諦 수행

고성제苦聖諦—생로병사의 괴로움을 말한 것이니
　　　　이로 하여 수행을 하게 되었다.
집성제集聖諦—나라는 자아自我의 아상我想으로 하여
　　　　갈애渴愛(욕심)로 괴로움이 축적되어
　　　　업業을 짓고 있다는 것을 깨달았다.

멸성제滅聖諦—갈애渴愛(욕심)를 버리고 괴로움이 일어나는 것을 막아 괴로움을 멸滅 했다는 것을 알게 되었다.

도성제道聖諦—자연의 섭리와 이치에 합당한 생활 을 도모하여 이것이 불교에서 말하는 중도中道의 길이라는 것을 알았다.

8정도八正道 수행

중도中道의 길로 안내하여 깨달음에 이르도록 하는 것이 삼학三學의 계정혜戒定慧가 8정도八正道이니 홀로 수행한 것이 8정도에 합당한 수행이었는지 되돌아 성찰해 본다.

계戒—정어正語, 정업正業, 정명正命

정어正語—정사유正思惟 뒤에 일어나는 올바른 말을 하는 것으로 거짓말, 나쁜 말, 이간질하는 말을 하지 않고 진실된 말, 사랑과 위로의 말, 화합으로 평화를 이루는 말을 하는 것이니 돌아보건 데 수양을 하며 정어正語를 생활화 하였다.

정업正業−정사유正思惟 뒤에 일어나는 올바른 신체적 행동으로 살생, 도둑질, 간사함, 음란함, 폭행을 하지 않는 것이니 타인에 대한 행동과 자신에 대한 유해한 행동으로 돌아보건 데 수양을 하며 낮은 곳을 지향하여 겸손으로 타인을 존중하고 측은지심의 생활을 견지하였으나 미물의 생명을 살생하고 담배를 피우고 게으르기도 하고 자세도 단정하지 못한 점이 있으니 반성하며 고쳐가는 생활을 하여야겠다.

정명正命−바른생활을 하는 것으로 수면, 식사, 일, 운동, 휴식을 규칙적으로 하여 건강 증진을 도모하고 건전한 경제생활과 가정생활을 수행하는 것을 말한다. 돌아보건 데 수양을 하며 규칙적인 생활을 하지 못했으니 차후로 규칙적으로 생활하도록 힘써야겠다.

정定—정정진正精進, 정염正念, 정정正定

정정진正精進—이상을 향하여 바르게 노력하는 것으로 생활의 모든 면에서 선을 행하고 증대시키고 선善에 어긋나는 악惡을 줄이고 제거하는 노력을 말한다. 돌아보건데 수양을 하며 선善을 행하고 악惡을 멀리하며 무주상보시를 하며 자아自我를 통찰하여 옳고 그름을 분별하여 선善을 증진하고 악惡을 배제하였다.

정염正念—올바른 생각으로 이상과 목적을 잊지 않고 맑은 정신으로 모든 것이 변화하며, 괴롭고 나我(자아)라는 실체가 없다는 것을 잊지 않는 것이다. 돌아보건데 수양을 하며 모든 것이 변화하는 무상함을 알았고 모든 생명들의 괴로움을 알았고 어느 시점에서 나라는 실체가 없음을 깨닫고 아호를 허무虛無라고 하였다.

정정正定—정신통일하여 선정禪定하는 무념무상無念無想과 같은 마음의 상태를 말한다. 돌아보건데 수양을 하며 무념무상의 선정에 들기도 하였으나 바보가

된 느낌으로 화들짝 놀란 후로 무념무상의 선정은 하지 않았다. 자연물의 물질과 삶, 생명, 죽음, 영혼, 극락, 지옥, 사랑, 천상, 우주 등을 화두로 삼아 통찰하는 명상을 하였다. 자연을 명상하며 자연의 섭리를 알았고, 삶을 명상하며 괴로움을 알았고, 생명을 명상하며 생명이 생명을 먹으며 생명을 보존한다는 것을 알았고, 생명이 생명을 살린다는 생명의 비애와 숭고함을 알았고, 죽음을 명상하며 내세가 없다는 것을 알았다. 영혼을 명상하며 정신이 영혼이고 몸이 죽으면 영혼도 죽는다는 것을 알았고, 그러므로 극락과 지옥도 없음을 알았다. 사랑을 명상하며 무주상보시無住相布施를 하게 되었고 천상을 명상하며 신神이나 신선神仙이 없음을 알았고, 우주를 명상하며 우주는 하나만 있는 것이 아니고 많은 우주가 있어 양陽의 우주와 음陰의 우주가 있음을 알았다.

혜慧—정견正見, 정사유正思惟

정견正見—올바른 견해로 분별하여 바르게 보는 것이다.

바르게 보았다고 어떻게 알 수가 있을까? 그러한 분별심은 살아가며 삿되지 않은 축적된 경험의 잣대로 옳고 바르다는 것을 알 수가 있다. 하지만 경험하지 못한 것들에 대해서는 바르게 본다는 것이 불가할 것이다. 하여 경험하지 못한 것은 몸으로 체험하며 사유하고 명상함으로서 바르게 볼 수 있는 잣대가 만들어 진다고 하겠다. 돌아보건 데 수양을 하며 바라보고 분별하여 바르게 보고자 노력하며 행동하였다. 그러나 바르게 보지 못한 것도 있었을 것이다. 잘못된 분별과 판단과 행동이 올바른 견해로 분별하여 바르게 보았다고 착각한 일도 있었을 것이다. 정견正見에 도달하는 수행을 꾸준히 하여야겠다.

정사유正思惟—생각에 끌려 다니지 않고 생각을 객관적으로 바라보며 올바른 생각으로 올바른 길을 알려주는 것이다. 되돌아보건 데 수양하면서 올바른 생각을 객관적으로 성찰하는 생활을 하였다.

오온五蘊

부처님께서 오온(색수상행식色受想行識)의 다섯 가지 덩어리를 취하고 있는 오취온五取蘊이 괴로움이라고 말씀하셨다. 오온五蘊은 사람의 육체와 정신을 다섯 가지로 분류한 것이다.

색色—육체, 눈으로 인식하는 모든 사물.
수受—정신적으로 좋고 싫고 좋지도 싫지도 않은 느낌.
상想—이미지를 떠올리거나 언어나 단어를 생각하
　　는 것.
행行—의지작용으로 할까 말까 생각하는 것.
식識—종합하여 분별하고 판단하는 것이 괴로움이다.

오온五蘊의 다섯 가지 작용은 모두가 자신이 행동하고 생각하고 느끼고 분별한다고 생각한다. 이는 육입처六入處(안이비설신의眼耳鼻舌身義)의 연기緣起에 의해일어나는 현상으로 내가 보고 듣고 냄새 맡고 맛보고 느끼고 분별하는 것이다.

　아상我相을 벗지 못했을 때 오온五蘊을 취하여 명상 수행을 하였다. 명상의 화두는 눈에 보이는 자연물에 게 명명된 명사였다. 깨달음이 왔을 때는 한 덩어리 로 종합되어 환하게 밝혀졌으나 깨달음을 전달할 수 있는 말은 찾을 수가 없었다. 간단하게 예를 들어 말 하자면 어두운 방에 들어가 전등 스위치를 눌렀을 때 방안의 모든 사물들이 일시에 인식되는 것과 같았다 고 하겠다. 깨달음을 축적해 가는 생활이 수행으로 마음을 닦는 도道의 길이다. 고요히 명상에 들기도 하 지만 생활의 매 순간마다 자신을 잊지 않고 내가 옳 은 말을 하고 옳은 행동을 하고 지금 무엇을 하고 있 는지를 자각하며 분별심으로 명상을 하며 사다리 딛 고 오르듯 명상의 화두는 명사를 거쳐서 명사에 동사 가 추가된 명상을 거치고 명사 +동사 +의문사가 추 가되어 명상의 세계가 확장되었다.

육입처六入處

육입처는 육체의 여섯 가지 감각기관인 안이비설신의眼耳鼻舌身義를 말한다.

눈으로 보고 귀로 듣고 코로 냄새 맡고 혀로 맛보고 몸으로 느끼고 마음으로 생각을 분별하는, 이 모두를 지각知覺하는 곳을 말한다. 여섯 가지 감각기관을 육입六入이라 하며 처處는 머무는 곳을 말한다. 여섯 가지 감각기관은 문자 그대로 눈 귀 코 혀 몸 마음을 의미하는 것은 아니다. 이러한 감각기관에서 지각知覺되는 작용을 의미하는 것으로 조건이 형성되면 대상물에 해당하는 기관器官에 받아들여져 지각知覺된 것이 머무는 장소를 의미한다. 이는 객관적인 것이 주관적인 감각기관으로 받아들이는 자연스러운 작용이다. 강한 자아의식自我意識의 주체는 이를 분별하여 이로우면 취하고 이롭지 않으면 취하지 않는 과정에서 번민과 괴로움이 찾아온다. 이것이 중생세간衆生世間에서 말하는 108번뇌이다.

12입처十二入處 (내입처, 외입처)

12입처十二入處는 내입처內入處(안이비설신의眼耳鼻舌身義)와 외입처外入處(색성향미촉법色聲香味觸法)이다. 주관적인 내입처內入處와 객관적인 외입처外入處가 감각기관과 각각 짝을 이루고 있다. 감각기관인 내입처內入處를 육근六根이라하며 감각의 대상인 외입처外入處를 육경六境이라 한다. 안이비설신의眼耳鼻舌身義는 감각기관의 명칭이나 부처님 법에서 말하는 의미는 감각기관의 작용을 의미하는 것이다.

내입처內入處	외입처外入處
안眼 ———	색色
이耳 ———	성聲
비鼻 ———	향香
설舌 ———	미味
신身 ———	촉觸
의義 ———	법法

외입처外入處의 색성향미촉법色聲香味觸法은 보이고 들리고 냄새 맡고 맛보고 만지고 의식(생각)하는 것이다. 12입처十二入處는 연기緣起에 의해 일어나며 12입처十二入處를 12연기十二緣起라고도 한다. 따라서 이 세상은 12입처十二入處에서 연기緣起한다. 부처님께서는 이세상은 누가 만든 것도 아니고 무엇에 의해 이루어진 것도 아니고 결국은 살아있는 생명들이 보고 듣고 냄새 맡고 맛보고 만지고 생각하는 가운데 일어난다고 하셨다.

연기緣起

인연因緣이 형성되는 조건을 말하는 것으로 조건이 형성되면 일정한 움직임으로 일어나는 관계맺음이다. 따라서 불교에서 언급한 불법佛法의 연기설緣起說은 이것이 있으면 그것이 있고 이것이 생기기 때문에 그것이 생긴다. 이것이 없으면 그것이 없고 이것이 멸滅하기 때문에 그것이 멸滅한다는 것으로 조건이 사라지면 모두 사라진다는 것이다. 눈을 뜨면 모든 것이 보이나 눈을 감은 조건이 되면 모든 것이 사라지는 것이라고 하면 연기緣起를 이해하는데 좋은 예가 될 것이다. 한 가지 더 말하자면 주관과 객관이 조건이 형성되면 상관관계에 의한 연기緣起가 이루어지지만 주관이나 객관 중에 어느 하나가 사라지면 다른 하나도 사라진다는 것이 연기설緣起說이다.

초기경전에는 연기緣起를 보는 자는 법法을 보고 법法을 보는 자는 연기緣起를 본다고 하였고 연기를 보는 자는 법法을 보고 법法을 보는 자는 나佛를 본다고 하였다. 여기서 나는 내안에 있는 불성佛性을 의미한다. 부처님께서는 모든 사람들은 불성佛性이 있고 무명無明을 벗어나면 불성佛聖을 이루어 부처가 된다고 하셨다. 무명無明을 벗어나지 못한 것을 무명촉無明觸이라하고 무명無明을 벗어나면 명촉明觸이라고 한다. 연기緣起는 오온五蘊으로 하여 일어나는 마음의 작용이어서 부처님께서 오온五蘊을 취하고 있는 것이 괴로움이라고 하셨다. 하여 108번뇌는 오온五蘊의 마음이 일으키는 괴로움이고 이를 명상하면 이것의 뿌리가 욕심이라는 깨달음이 오게 된다.

수행의 길을 되돌아보니 불교를 공부하며 오온과 12입처十二入處의 연기緣起에 한 치도 어긋나지 않게 수행했다는 것을 알게 되었다. 이를 바탕으로 하여 삼학三學의 8정도八正道 명상을 하며 자아自我를 떠나 아상我相을 벗게 되었다.

공空

    불교에서 공空은 비어있음을 의미하는 것이 아니다. 모든 존재물은 공간의 일부를 점유하고 있다가 사라졌을 때 공空의 모습으로 돌아온 것을 의미한다. 명사로 이름 지어진 모든 존재물이나 이름이 없는 존재물에도 공空의 연기緣起는 적용된다. 내가 공간을 차지하고 있다가 명命을 다하여 죽음에 이르면 차지하고 있던 공간이 제 모습으로 돌아온다. 모든 자연물이나 건축물 또한 이와 같다. 자아自我를 성찰하며 주관덩어리인 내가 궁극窮極에는 사라진다는 것을 알게 된다. 세간世間에 태어나기 전의 나는 없었고 공空을 차지하고 있지도 않았다. 죽음 이후에도 차지하고 있던 공空은 다시 제 모습의 공空이 되어 세간世間에 나라는 존재는 없다. 생겨나고 사라지는 것이 자연의 섭리이다. 사람들은 영원히 살고 싶어 하는 욕심으로 저세상에 가서 계속 살고 싶어 한다. 그 욕심이 저세상을 만들고 극락과 지옥을 만들고 윤회를 만들어 이를 굳게 믿으며 상견常見에 빠진 사람이 있는가 하면 한 번 죽으면 그것으로 끝난다는 단견斷見에 있는 사람도 있다.

무아無我도 내가 없다는 의미가 아니다. 공간空間을 차지하고 살아있는 존재물存在物이지만 눈감으면 세간世間은 사라지고 눈뜨면 세간世間은 드러난다. 이것이 무아無我이다. 하여 눈감으면 공空이고 눈뜨면 공空의 존재물이 나我이다. 아상我想의 색色을 멸滅하면 나라는 생각이 멸滅한 것이 무아無我이다. 그것이 마음에 가득 찬 욕심을 비워낸 텅 빈 마음의 공간이 되는 것을 무아無我라 한다. 하여 세간世間의 세계에서 구축된 공空의 세계가 펼쳐진다.

따라서 아상我相을 벗은 무아無我는 세간世間의 모든 것을 무심하게 관조觀照하며 명상수행을 이어간다. 이것을 불교에서는 중도中道라고 한다. 해탈(열반)에 이르는 길을 안내하는 것이 중도中道라는 것을 불교공부를 하면서 알게 되었다. 명상수행은 공空을 깨달아 무아無我를 이루어 나의 아호를 허무虛無로 지었다. 이후로 중도中道의 길에 들어서서 수행하고 있다는 것을 알게 되었다.

꿈

　모든 사람의 생김새가 각양각색이듯이 하나의 사물을 보며 느끼고 이해하는 것도 각양각색이다. 수양을 하는데 있어서도 각양각색으로 수양을 하며 깨달음을 축적해 나가고 있을 것이다. 수행을 하던 어느 날 꿈이라는 화두를 얻게 되었다. 오랜 세월을 보내며 꿈을 명상하였다. 당시의 고달픈 삶으로 하여 이익을 취하는 행동에 앞서 아버지 저 좀 도와주세요, 하며 돌아가신 아버지께 주문呪文 외우는 행동을 이어가던 한 달여 만에 꿈에서 아버님이 현신하여 내가 어떻게 너를 도울 수 있겠니 하고 말씀하시며 사라지시고 꿈에서 깨어났다. 자신이 간절히 원하거나 생각한 것이나 생활해가며 체험한 것들이 무의식에 가득차면 수면 중에 의식으로 비워내는 것이 꿈이라고 생각했다.

　어느 날에는 꿈에, 강변 모래밭에 뒤집어진 나룻배 속의 어둠에 갇혀있는 나를, 뒤집어진 나룻배 밖 저

만치에서 바라다보고 있는 또 다른 내가 있었다. 나룻배 속의 나에게 느낌으로 보이는 악마가 나타나 여기서 나가지 않으면 죽이겠다는 메시지가 온몸의 느낌으로 들려왔다. 얼마나 두렵고 무서웠는지 죽음의 공포 속에서 사력死力을 다해 나룻배 난간을 잡고 끙끙대며 온 힘을 다해 들어 올리다가 꿈에서 깨어나니 온몸이 식은땀으로 축축하게 젖어있었다. 생시에 체험하지도 않았고 생각조차 하지 않았던 것이 어떻게 그리도 선명하게 꿈을 꾸었는지 모르겠다. 뒤집어진 나룻배 속의 나를 바라보던 또 하나의 나는 어떻게 이해해야 할까?

　호접몽의 장자는 꿈에서 나비되어 날아다니는 것을 바라보는 또 하나의 장자는 없었다. 나룻배 속의 나와 나룻배 밖에서 바라보는 또 하나의 나를 동시에 꿈에서 본 것은 참으로 기이한 꿈이었다. 나름대로 깨달았다고 스스로 생각했으나 명상을 하며 정견正見으로 성찰하여도 아직까지 답을 얻지 못하였다. 수행이 축적되어가는 과정에서 약을 복용하면 명현 현상이 나타나듯이 그와 같은 현상이 아닐까 하는 막연한 생각만 있었다. 어느 날 명상에 들었는데 어린 시절 어머니가 옛날이야기 해주시던 도깨비, 귀신, 호랑이 이야기들이 떠오르며 그때 각인된 무서움과 공포가 무의식에 있다가 꿈으로 비워내는 현상이라고 미루어 짐작하였다.

잊어라

욕심의 세월을 보내며 4시간의 수면으로 심신을 혹사시키는 삶은 무엇에 홀린 듯하였다. 욕심이 나를 잊게 하였고 괴로움도 잊게 하였다. 욕심으로 충만한 삶은 괴로워도 괴로운 줄 모르고 더 높은 곳을 향하여 생각하고 행동하며 물질을 향하여 달리는 삶이었다. 달리고 달려도 만족은 오지 않았고 핍진의 삶을 벗고자 달릴수록 노심초사는 가중되어 갔다. 욕심으로 피폐해진 심신의 모습이 자각되던 날에 지나온 삶을 명상하였다. 황폐한 광야 같은 허전함이 폭풍처럼 몰아쳐왔다. 만족에 이르지 못하는 욕심이 더는 필요하지 않겠다는 생각이 보였다. 하여 욕심을 잊자며 모든 욕심을 내려놓고 더는 세간의 가치를 좇지 말자고 스스로 다짐하였다. 몇 십 년 만에 심신이 평화로워지고 정신적인 삶의 여유가 내안으로 가득히 들어오니 수면 시간도 6시간으로 늘어났다. 욕심으로 하던 명상이 마음의 평안을 얻는 명상으로 바뀌고 자연을 성찰하는 명상에 이르러서는 자연의 섭리가 깨달아졌다. 욕심을 내려놓아도 삶을 영위하는 괴로움은 간헐적으로 찾아왔다. 괴로움을 명상하며 괴로움의 근원을 성찰하니 나를 내려놓지 못한 마음이 괴로움의 원인이었다. 나를 잊으면 괴로움을 멸하겠다는 깨달음이 왔다. 하여 나를 잊어가는 명상수행을 하며 세간世間의 세계를 온전히 벗어난 세계로 들어섰다. 나를 잊은 세계는 아상我相을 벗은 세계였다. 하여 아호雅號를 허무虛無라고 하였다. 마음에는 무한한 공空의 세계가 펼쳐졌다. 여기까지 도달하는 세월이 오십 년을 넘어섰다. 지나온 삶을 돌이켜보니 생활의 모든 것들이 수행이고 도道 닦는 길이었다. 체험으로 깨달아지고 명상으로 깨달아지는 도道의 길을 걸어가는 것이 나의 삶이었다.

  아상我想을 벗고 환갑을 앞둔 나이에 시인이 되어 살아가며 나름대로 수행하는 생활을 하였다. 수행의 도반이나 스승은 없었다. 많은 시인들이 나의 시가 불교성향의 성격이라고 말하였다. 시를 쓰며 마땅히 표현할 시어를 찾지 못했을 때 살아오면서 주워들은 불교용어를 차용하여 썼으니 자연스럽게 불교의 색채가 입혀지는 것은 당연한 일이었다.

불교문예작가회 회원에 가입하여 활동하며 여러 시인님들을 접하다 보니 불심이 돈독한 시인님들도 계셨다. 불교에 대한 지식이 없다보니 불교문예작가회 회원이 된지 3년이 지나는 무렵에 나름대로 불교공부를 하며 용맹정진하는 생활을 한다. 공부를 하다 보니 내가 절에 다니지 않고 집에서 수행하는 재가불자在家佛者였다는 것을 알았다. 집필을 하며 쓰는 불교용어는 불교공부를 하며 알게 된 것이다.

스승님으로는 강의하신 동영상을 BBS 불교방송국에서 유튜브에 올린 이중표 교수님 강의를 들으며 불교공부를 한다. 내가 지향하는 성향과 한 치도 어긋남이 없어 즐겁게 강의를 들으며 행복한 공부를 한다. 작금에 이르러서는 불교의 진면목을 알게 되었다. 작게 생각하면 작고 광대무변하게 생각하면 광대무변한 것이 불교이다.

불교는 신神을 숭배하는 종교가 아니다. 부처님께

서는 나는 신神이 아니고 여러분과 같은 사람이라고 하셨다. 나도 깨달아 부처가 되었듯이 여러분도 불성佛性이 있으니 열심히 수행하면 나와 같은 부처가 될 수 있다고 하시며 사람인 나를 숭배하지 말고 다른 사람의 말을 믿지 말고 나의 법法(담마, 다르마)에 의지하여 여러분 자신을 믿고 의지하라고 하시며 나는 단지 깨달음의 길을 안내할 뿐이라고 하셨다.

불교는 부처님 법法(담마, 다르마)에 의지하여 자신의 마음을 닦는 공부이다. 부처님 법法은 세간의 육법전서 같은 법法이 아니고 모든 것이 연기緣起에 의해서 조건이 갖추어지는 것을 법法이라고 하며 이를 연기법緣起法이라고 한다.

불교는 부처님께서 깨달으신 방법을 설법으로 안내해 주셨고 그 방법대로 따라가는 공부를 하는 것이다. 따라서 불교는 종교가 아니고 불교학의 학문이라고 할 수 있겠다. 사찰의 대웅전 불상은 부처님이 아니고 부처님의 거룩한 법을 형상화한 상징물이다. 부처님께서는 신神으로 추앙받는 것도 후계자를 세우는 것도 부처님의 형상을 만드는 것도 모두 거절하시고 죽음에 이른 순간까지 설법하시고 열반하셨다.

 부처님께서는 생명에는 지위고하가 없으니 모두가 평등함을 설하시며 낮은 곳을 지향하시는 겸손함과, 분소의糞掃衣를 입으시고 발우공양으로 탁발하시며 평생, 맨발로 다니셨다. 무소유가 자유라는 것을 깨달으셨기 때문이다. 생명을 유지하기 위해서는 최소한 한 벌의 옷과 밥그릇(발우)만 필요하다는 것이다. 하여 부처님께서는 다투고 싸우는 것을 없애서 평화를 이루고 모든 생명이 평등하니 미물의 생명일지라도 살생하지 말라고 하셨다.

 마음공부와 더불어 자유, 평등, 평화와 자비로 극락정토를 이루는 것이 불교이다. 무명無明은 문자 그대로 빛이 없는 세계이다. 무명無明은 세간중생世間衆生들의 어둠을 의미하는 것으로 깨달음을 얻어, 어둠에서 벗어나는 것이 무명無明을 멸滅하는 것이다. 무명촉無明觸은 깨달음을 얻지 못한 것이고 명촉明觸은 깨달음을 얻었음을 일컫는 말이다. 욕심을 내려놓고 괴로움을 잊어서 아상我想을 벗으면 마음에 평화가 오

고 용맹정진 하여 깨달음에 이르면 평정심平靜心(해탈
=열반)을 이루리라.

2019년에 발행한 세 번째 시집『단풍잎 편지』4부
에 수록된 〈견성성불〉을 이곳에 올리고, 이어서 불교
공부의 스승님이신 이중표 교수님께서 강의하신 동
영상을, BBS 불교방송국에서 유튜브에 올린 것을 시
청하며 강의하신 말씀 그대로 옮겨 적은 것을 끝으로
수록하며 글 맺음 하겠다.

견성성불 見性成佛

1
살아가는 일이 바위의 무게였다
주위의 모든 것들이 번뇌였다
속세의 사람들과 물질의 인과관계에서
벗어나지 못하고 끌려가며 울어야 했다
끌려가며 끌고 가는 번뇌가
마음을 타고 몸 안에서 돌았다
마음의 무게가 살아가는 무게였다
몸과 마음의 순수한 평화가 목말랐다

2
시련이 깊어지고 고통스러울 때
나는 누구인가라는 물음이 찾아왔다
나는 몸을 갖고 있었고
몸은 생로병사生老病死의 집합체였고
마음과 생각이 번뇌煩惱와 망상妄想으로

몸 안에서 돌고 있었고
배설물이 흘러나왔다

3
속세와 자연을 오가며 세월에게 끌려갔다
자연은 자연의 섭리가 있었고
속세는 인간의 순리가 있었다
자연의 섭리를 거부하면 재앙이 있었고
인간의 순리를 거역하면 발붙일 곳이 없었다
몸과 마음의 순수한 평화를 위해
종교를 찾아가도 만족할 수 없었다

4
죽음이 유혹하던 날 하늘을 보았다
끝없이 깊고 푸른 침묵을 흘러가는 구름
하염없이 바라보다 노을 드는
하늘이 무겁다고 생각하였다
죽음을 사색하는 세월이 구름처럼 흘렀다
두렵던 죽음이 따뜻해지고 포근하여
고향이라고 말할 수 있었다

5

무거운 마음이 죽음과 벗이 되어
세월에 끌려가며 속세를 유랑하였다
끝없이 찾아오는 화두話頭의 미궁에 빠져
자연을 방황하며 궁구窮究하니
자연스럽게 도道의 길을 가고 있었다

6

생각은 선과 악으로 이루어져 마음을 지배했다
선을 행하는 욕심도 생각에서 일어나고
악을 행하는 욕심도 생각에서 일어났다
생각은 욕심을 채우는 권모술수의 덩어리였다
깨어있는 정신으로 추종하고
자신의 이익을 위해 추종하고
맹목적으로 추종하는 것도
생각으로 이루어진 것이어서
생각에서 발현된 권모술수權謀術數의 실행을 마음이
결정하면
몸은 선과 악을 구별하지 못하고 마음에게 순종했다

7
수행은 혼탁한 생각을 청정하게 정화하는 정화기이다
원초적 느낌은 소유의 생각을 유발하여
마음에 욕심을 형성했다
욕심에게 끌려갈수록 찾아오는 허기는
원망과 분노와 증오와 번뇌로 마음을 끓였다
수행의 완성을 향하여 가는 길은 요원하였고
해탈解脫은 나의 영육靈肉을 극락으로 만드는 일 이
었다

8
번뇌煩惱 망상妄想의 근원根源을 찾아야 했다
자연에서 발굴되는 교훈은 끝없이 나오고
자성自性과 자성自醒이 생각에서 유발誘發되어
마음에 축적되었다
자신성自身性과 상대성相對性의 번뇌煩惱 망상妄想이
욕심에서 유발誘發되니 번뇌煩惱 망상妄想의 근원이
욕심이었다

9

영혼의 화두話頭를 짊어지고 속세俗世를 유랑하였다
영혼은 정신이었고 살아있는 몸에 존재하였다
몸 안의 생각이 마음에 극락도 만들고 지옥도 만든다
극락도 지옥도 살아있는 몸 안에 있다
몸과 일체된 영혼은 몸과 함께 죽는다
죽은 몸에는 생각과 마음이 없어 극락과 지옥이 없다

10

마음을 비운다는 것은
욕심의 생각을 버린다는 것이다
생각을 버리니 욕심이 멸하여 고요해지고
마음에는 순수한 평화가 찾아왔다
인간의 순리에 순응하며 거짓을 비우고
자연의 섭리에 순응하니 번뇌煩惱 망상妄想이 사라
졌다
희로애락喜怒哀樂 애오욕愛惡欲을 벗어나니
감정感情은 사라지고 감성感性이 마음을 움직였다

11

속세俗世를 유랑하다 자연을 찾아가고
숲에서 바람소리 새소리 들으며
계곡물소리 거슬러 올라간 정상에서
깊은 푸름의 시공時空을 바라보며 확장되는
마음의 내면세계內面世界는 우주를 더하였다
무한대의 시공時空이 열리고
의식과 무의식이 우주를 유영遊泳하였다
우주는 서로의 주위를 공전하는 어둠의 집합체였고
집합체의 우주는 다른 집합체의 우주를 공전하였다

12
몸의 해탈은 죽음이다 하여 육신의 괴로움이 소멸
되고
마음의 해탈은 비움이다 하여 번뇌 망상이 소멸된다
해탈한 마음이 바람이다
바람으로 어디에나 거침없이 도달하는 것이 부처다
몸 안에서 바람이 분다
극락에서 부는 향기로운 바람이다

제4부

이중표 교수의 붓다의 철학 2
― 누가 이 세상을 만들었을까

제1강

다른 종교와 다른 불교의 존재론은 무엇인가?

존재론하고 윤리학 가치론에 대한 이야기를 하도록 하겠습니다. 존재론이라고 하면 우리가 살고 있는 이 세계, 다시 말해서 이 세상에 있는 것은 도대체 무엇이냐? 또 어떻게 있느냐? 지금 우리가 있다고 생각하는 모든 것들에 대해서 그 근본이나 그 본질이나 구조에 대해서 이야기 하는 것을 철학적으로 이야기 할 때 존재론이라고 부릅니다. 우리 주변에는 많은 것들이 존재하고 있지요? 책상도 있고 산도 있고 하늘도 있고 강도 있고, 이 많은 것들은 도대체 무얼까? 우리 인간들은 이런 질문들을 아주 오래전부터 해온 거 같습니다. 그래서 인제 종교에서는 이건 누가 만들어 놓은 것이다. 이렇게 생각을 했겠죠?

그래서 이제 천지는 창조했다. 이제 창조론이라는 이론이 세상에 등장합니다. 아마도 어느 지역에 가나 처음 우리들이 살고 있는 이 세계가 도대체 무엇으로 되어있고 누가 만들었고 어떻게 되어있을까? 이런 것들에 대한 생각을 했을 때 우리 인간들이 맨 처음 생각할 수 있었던 것은 뭔가 위대한 존재, 엄청난 힘을 가지고 있는 존재가 이 세상을 만들었을 것이다. 이런 생각을 했을 것입니다. 이게 종교가 돼가지고 이 세상을 만들었으니까 만든 사람이 주인이겠지요? 만든 사람이 아니라 신神이라고 불렀겠지요? 그래서 우리는 우리 인간을 초월해 가지고 우리 인간은 알 수도 없고 볼 수도 없는 어떤 초월적 존재가 있어가지고 그런 존재가 이 세상을 만들었을 것이다. 이것은 누가 알고 본 사실입니까~ 아니면 우리가 상상으로 만들어낸 가상假想입니까? 가상假想이죠? 그런데 인제 가상假想을 혼자만 하며는 몽상夢想이에요. 혼자만 하면 꿈같은 생각이지요. 엉뚱한 생각이라고. 그런데 모두가 하면 사실처럼 돼요. 그러니까 모두가 다 그 생각을 하게 되면 그걸 만든 존재가 있다는 생각을 우리는 하게 되는 거예요. 우리 주변에는 수천 년 전에 형성된 이러한 생각을 지금도 굳게 믿고 사는 사람들이 수도 없이 많습니다. 인류의 절반 이상이 지금도, 절반이 넘을지도 모르죠. 많은 사람들이 이 세상을 신神이 창조했고 그~ 신神에 의해서 이 세상은 움직이고 있다. 신神의 힘에 의해서 우리는 지배받고 있다. 이런 생각을 하는 것입니다.

이 생각을 반성하기 시작한 게 어떻게 보면 인류의 정신사라고 할 수가 있습니다. 다시 말해서 인제 사람들이 우리가 알 수도 없고 볼 수도 없는 것을 상상해 가지고 가상적假想的으로 만들어 놓고 믿고 살 게 아니라, 우리가 직접 볼 수 있는 것을 가지고 볼 수 있는 사실들에 근거해서 그 진실을 밝혀봐야 되겠다. 이런 생각을 가지고 등장한 게 서양에서는 과학입니다. 그러니까 서양에서 중세라고 하는 천 년 동안 그러니까 지금부터 약 오백년, 사오백 년 전까지는 아무도 신神이 세상을 만들었다는 사실에 대해서 의심을 하지 않았어요. 서양 일입니다. 참 우리가 불행한 게 뭐냐 하면, 우리는 지금 동양 대한민국에 살면서도 현재 우리들의 조상이 가지고 있었던 생각, 세계관. 이런 것들에 대해서 무지합니다. 그리고 서양 사람들이 가지고 있는 철학, 또는 세계관 이런 것들에 대해서 훨씬 더 친숙합니다. 그렇죠?

여러분들, 음양오행陰陽五行 그러면 복잡하죠? 어떻게 된 것인지 이해하고 싶지도 않아. 왜냐하면 이런 것들은 사실도 아니고 옛날 동양에서 하던 아주 미개한 생각이라고 생각해요. 우리도 보면 저 단군 할아버지가 제석환인이라고 하는 천신으로부터 아들이 내려와 가지고 제석환인의 아들 환웅이 이 땅에 와 가지고 웅녀하고 결혼을 해서 단군이 태어나가지고 신神의 뜻을 받아서 우리가 지금 나라를 세우고 제사를 지내고 신神의 뜻을 받들기 위해서 항상 제사를 지내다 보면 무당들이 등장하잖아요. 어떤 설에 의하면 우리가 당골이라고 부르는 게 본래 단군에서 유래했다는 말이 있어요. 그러니까 단군이라고 하는 존재는 신神과 인간을 연결해 주는, 신神의 뜻을 전해주는 존재죠.

이런 구조는 어느 종교에나 있습니다. 기독교 같은 경우에는 선지자가 나타나가지고 모세 같은 사람이 신神의 뜻을 받아가지고 오잖아요. 산에 올라가서 기도를 하니까 십계명十誡命을 줬다. 신神이 준 계명誡命을 가지고 살아야 된다. 이게 기독교의 어떤 윤리의 출발 아니겠습니까? 그래, 이런 식으로, 그런데 인제 그러니까 사실 우리 전통 동양의 사상에서 본다면 천지창조 이야기는 중요하지가 않아요. 왜냐하면 수천 년 전부터 이 세상은 이 세상 자체로 움직이는 원리가 있을 것이다. 이 생각을 한 거예요. 그러니까 주역周易이라는 게 단순히 점을 보는 것처럼 보이지마는 주역周易은 여러 가지 괘가 있잖아요. 음陰과 양陽이라고 하는, 음과 양이라고 하는 두 구조가 전체 우주를 아우르고 있는 큰 하나의 법칙이다. 이 음양陰陽의 법칙에 의해서 세상은 계속 변하게 되어있다. 그러니까 이 세상을 변화시키는 것은 어떤 신神적 존재가 아니라 이 우주가 가지고 있는 전체적인 구조예요. 음陰과 양陽이라고 하는 구조. 이것이 음陰이 양陽이 되고 양陽이 음陰이 되는 구조 속에서 끊임없이 변천하고 있다. 오늘도 변하고 내일도 변하고 계속 변한다. 우리가 변화를 알아야 변화에 대처할 수 있다. 어떻게 해서 변화를 알까? 그러기 위해서는 점을 쳐보자.

그러니까 이제 주역周易의 점은 무당이 하는 점하고 좀 틀려요. 이걸 인제 우리들의 정성을 모아서 괘를 뽑아보자. 그래서 괘를 뽑아보며 는 이제 괘가 나와요. 괘에 의해서 그 괘가 의미하는 내용들이 있다는 거예요. 근데 이제, 그 괘가 의미하는 내용을 정리해 논걸 주역周易이라고, 책, 이라고 해요. 주역周易이라는 책을 놓고 점괘를 뽑아가지고 살펴보면 아, 이제 운세가 이렇게 가겠구나, 내 운세는 이렇게 가겠구나. 이 세상의 모든 것들은 다 음양陰陽의 구조에서 움직이니까 똑같을 수가 없겠죠? 그러니까 나라가 크게 변하는 운세를 점칠라 며는 국왕이 점을 쳐야 되겠죠? 그러나 내가 개인적으로 할라면 아침마다 내가 일어나서 오늘하루 나는 어떻게 하는 것이 좋을까? 나는 어떤 식으로 내 삶이 굴러가게 되어 있을까? 변하게 되어있을까, 이런 걸 이제 점치는 거예요. 점에 의지해서 세상을 볼려고 하지만 그것은 이 세상을 지배하는 신神은 없고 이 세상을 움직이는 법칙이 있다. 그 법칙이 어떻게 되는지를 내가 미리 알고 싶다. 이래서 인제 점을 치는 게 아니겠어요?

   그러니까 아~ 세상을 어떻게 이해하느냐에 따라서 우리는 이 세상을 어떻게 살아갈 것인가 하는 내용들이 또 정해지는 거예요. 오늘 우리가 인제 존재론 공부를 하는데 이 존재론 공부는 단순히 궁금해가지고 세상은 어떻게 되어있지, 무엇으로 되어있지, 이런 게 궁금해서 하는 공부가 아니라 세상을 어떻게 바라보느냐, 세상을 어떻게 이해하느냐, 존재를 어떻게 우리가 아느냐에 따라서 우리들의 삶의 방향과 내용이 결정된다는 것입니다.

인제 주역을 믿는 사람들은 어떻게 해야 되겠어요? 아침마다 점을 치고 점괘를 봐야지, 그러니까 무슨 일을 할라면 점을 안치며는 미래의 어떤 일을 할 수가 없어. 오늘 이렇게 동쪽으로 가야 좋은 일이 있을 팬데 서쪽으로 가면 되겠어요, 안 되겠어요? 그러니까 인제 괘를 탁 봐가지고 아~ 오늘은 이제 동쪽에서 귀인이 온다. 이런 괘가 나오면 봐가지고 서쪽에서 온 사람은 관심이 없는 거지. 이제 동쪽에서 온 사람을 아~ 저 사람이 귀인이구나 그 사람한테는 이제 우리가 정성을 쏟고 하지 않겠어요?

그런데 지금 우리 불교이야기 해야 하니까 이런 이야기를 길게 할 필요는 없겠죠? 그렇지만 불교의 존재론이 뭔가를 알려면 다른 존재론들은 어떤 것인가를 알아야 불교가 존재론적으로 어떻게 다른 점도 알아야 될 거 아니에요. 근데 우리는 불교를 공부하면서도 불교의 존재론은 어떤 것인지는 별로 알지를 못해요. 우리 지금 현재 불교를 공부하거나 수행하시는 분들이, 그래서 인제 우리가 불교를 바르게 이해하고 공부하려면 불교에서는 이 세상 존재를 어떻게 보느냐, 이걸 제대로 알아야만 불교에 걸맞는 삶이 나온다. 이 말씀이에요. 우리가 불교를 공부해야 하는 이유가 여기에 있는 것입니다. 그래서 이제 아~ 우선 우리들이 가지고 있는 세계관, 세계에 대한 이해가 우리의 삶에 어떻게 영향을 미치는가 하는 이야기를 제가 잠시 하고 있는 것입니다.

서양의 경우 그러니까 이제 우리는 과거에는 그러한 동양에서 형성된 유교 불교 도교 이런 것들에 의해서 세계관이 형성돼 가지고 우리의 삶이 영위가 됐는데, 근대近代, 우리로 말하면 에~, 구한말 외국으로부터 문호를 개방하지요. 개항開港이라고 그러죠? 개항開港, 쇄국정책을 쓰다가 외세에 여러 가지 세계조류에 더 이상 견딜 수가 없기 때문에 우리가 외래문화를 받아들이게 됩니다. 이때 서양의 과학문물들이 들어오면서 우리들의 교육이나, 이런 것들이 이제 변화가 나타나기 시작하죠? 서당에 다니던 사람들이 인제 서당 안 다니고 학교를 가게 되요. 새롭게 형성된 교육기관인 학교에서는 우리의 전통을 가르치기보다는 서양문물을 가르치는데 주력을 했어요. 그러다 보니까 우리는 이제 철학도 그렇고 종교도 그렇고 또 모든 것을 과학 이외의 다른 것까지도 서양적인 것을 중심으로 해서 교육을 하게 되어 있고 지금도 우리 교육의 중심 틀은 서양의 교육하고 맞춰있습니다. 그러니까 우리나라에서 공부하다가 외국에 가서 별로 낯설지 않아요.

오히려 우리 것을 보면 더 낯설어. 요즘 학생들이 한자를 보면 경악을 합니다. 제가 학교에 있을 때, 학생들이 불교를 공부하다 보니까 재밌데요. 불교가 이렇게 재미있는지 몰랐다는 거예요. 그래서 이제 불교를 전공하고 싶다고 옵니다. 근데 전공하려고 보니까 불경이 모두 한자漢字로 되어있는 거예요. 한자漢字를 보고는 전부 도망가 버려요. 저걸 어떻게 인제 읽어내냐는 거냐 이거야. 애들은 어려서부터 영어는 굉장히 익숙해 있어요. 초등학생들도 다 영어를 해요. 요즘은 유치원생들도 잘하더라고. 근데 한자는 제 이름자도 제대로 못써요. 언어는 문화와 정신, 사상 이런 것들을 전부 담고 있어요. 그래서 교육언어를 통해서 우리는 생각도 하고 언어 속에 우리의 얼, 혼, 정신 이런 게 다 언어 속에 담겨있습니다. 혼이나 영혼이 여러분들의 머릿속이나 몸속에 있다고 생각하시면 그거는 오산이어요. 언어 속에 있어요. 그러니까 언어가 바뀌어져 버리면 영혼이 바뀌어지고 혼이 바뀌지는 거예요. 그러니까 우리가 우리 학생들에게 우리 후손들에게 우리 혼을 제대로 불어넣으려면 우리 전통문화를 간직하고 있는 우리 한글, 한글은 우리글이니까 중요하겠죠? 그 다음에 한자漢字를 꼭 가르쳐야 돼요. 왜냐면 한자漢字를 알아야 옛날 사람들과 소통할 수가 있어요. 옛날 사람들의 생각을 읽어낼 수가 있단 말이죠.

요즘, 애들이 우리 전통문화에 대해서 한자漢字가 어려워 가지고 다 도망갑니다. 지금 그러니 우리문화가 제대로 계승되고 발전될 수가 있겠습니까? 아무튼 그런 여러 가지 이유로 인해서 요즘 우리들은 서양의 역사, 서양의 문화 이런 것들이 훨씬 더 친숙합니다. 그래서 우리가 이제 우리들이 세계의 역사를 이야기 할 때도 서양사를 중심으로 이야기해버려요. 요

순임금이 어떻게 하고 당나라 청나라 이런 이야기는 안 해. 르네상스가 어떻고 이런 이야기는 많이 하죠? 그래서 이제 부득이 저도 그런 식으로 이야기를 많이 할 수밖에 없어요.

서양의 역사에서 보면 천년동안 기독교가 서양사회를 지배하죠? 그런데 인제 르네상스라고 하는, 서양 사람들이 이제 새로운 눈을 뜨게 됐어요. 그게 뭐냐 하면 세상이 꼭 하나님이 만든 세상 같지 않다는 거죠. 그래서 이제 기독교 성경이나 어떤 신학에 의해서 세계를 볼 게 아니라 그러니까 가정이나 상상에 의해서 세계를 보지 말고 직접 우리들의 인간이 가지고 있는 이성, 다시 말해서 인간이 가지고 있는 지성을 가지고 진실을 한 번 밝혀야 되지 않겠는가? 이런 생각을 했던 게 인제 문예부흥이에요.

문예부흥이라는 것은 이미 서양에서도 기독교가 서양사회를 지배하기 전에는 희랍철학이라고 하는 지금부터 약 이천오륙백 년 전에 그리스에서 나타난 아주 훌륭한 문화가 있습니다. 철학, 사상들이 있었어요. 그러니까 수학이나, 철학이나 이런 게 고대철학이 아주 굉장히 훌륭한 철학이 있었죠. 근데 이제 기독교가 지배하면서부터 이 모든 게 가려져 있다가 서양 사람들이 자신들의 고대문명 속에서 새로운 각성覺醒을 한 걸 우리는 이제 문예부흥이라고 하죠. 그러한 문예 부흥기를 거치면서 특히 인제 자연과학이 발달합니다.

자연과학은 어떤 입장을 갖게 돼냐 하면 기독교에서는 이 세상을 누가 만들었다고 전제前提했지 않습니까? 그런데 인제 여기서는 누가 만들지 않아도 세계는 존재할 수 있다는 전제前提를 하는 거예요. 세상을 누가 만들어야만 있겠어요? 아니면 본래부터 있다고 볼 수도 있겠죠? 이 세상을 누가 만들었냐. 이 물음은 누가 만들었다는 것이 사실이면 그 만든 자가 누군가를 다시 물을 수 있는 것이지만 누가 만든 지 안 만든 지는 알 수가 없어요.

그러나 우리에겐 지금 이렇게 존재하고 있지요? 이것이 누가 만들었냐고 묻기보다는 이제는 물음의 방향을 바꾼 거예요. 무엇으로 만들어졌지? 이렇게 이제 보는 거죠. 쉽게 말하면 책은 종이로 만들어졌죠? 그러니까 여러분들이 책을 찢어가지고 없애버려도 책은 없어져도 종이는 안 없어진다니까요. 그렇죠? 종이가 또 종이는 또 뭘로 만들어졌겠죠? 이렇게 해서 이제 계속 쪼개보면 더 이상 안 쪼개지는 게 나올 거 같애. 더 이상 안 쪼개진다는 것은 무엇으로 만들어진 것이 아니죠? 그러니까 그것으로 모든 것이 만들어졌겠죠?

　이걸 우리가 원자라고 불러요. 원자는 말자체가 안 쪼개지는 것이란 뜻이에요. 그러니까 에~ 희랍어로 톰이라는 것이 쪼개다는 뜻인데, 아톰, 안 쪼개진다. 그래서 인제 안 쪼개지는 존재란 뜻에서 아톰이라고 불렀어요. 안 쪼개지는 원자들이 세상을 만들었을 것이다.

　그러면 이제 이 세계를 이해하기 위해서는 뭘 알아야 되겠어요? 이 세상을 구성하고 있는 원자가 몇 가지나 있는 줄 알면 되겠죠? 그래서 과학자들이 부지런히 쪼개본 거예요. 쪼개보니까 한 백, 뭐 한 요즘은 육십 개 정도 되나요? 뭐 이런 게 있다는 생각을 하게 됐어요. 그러면 이제부터 뭘 해야 돼요? 이거를 우리가 원하는 대로 조립만 잘하면 여러 가지가 만들어지겠죠?

요즘 이제 뭐 수소전지도 하고, 수소가 많이 필요하대요. 앞으로는 에너지를 수소전지를 쓴다지 않아요. 수소가 필요할 거 아니에요, 수소를 어떻게 만들어요? 수소는 물속에 물은 산소하고 수소가 이렇게 결합돼 있어요. 그러니까 이걸 분해해 버리면 수소가 나와. 그러니까 이제 수소를 원하면 물을 분해해 가지고 수소를 우리가 뽑아 쓸 수가 있는 거예요. 그 다음에 또 물이 필요하다. 물은 산소하고 수소가 결합된 것이니까 수소하고 산소를 적절하게 결합을 시키면 물이 만들어진다. 이게 인제 이 모든 것을 우리가 필요에 의해서 만들 수 있는 힘, 이게 인제 과학, 기계과학이에요. 세상의 모든 것들은 기계적으로 조립도 할 수 있고 분해도 할 수 있다. 우리가 원하는 것은 원하는 모양으로 만들어내고 필요 없는 것은 분해할 수도 있고 이런 세계관이 이제 서양 근세에 형성이 되면서 철학도 그런 식으로 또 변모가 됩니다. 여기서 인제 그런 이야기를 다 할 수 없지만 이런 게 다 존재에 대한 이야기에요.

그러니까 이제는 우리가 원하는 것을 점괘를 따져 가지고 찾아내야 되겠어요? 신神에게 기도를 해야 되겠어요. 아니에요 이젠 우리가 이 세상에 존재하는 것들을 분석해 가지고 그것들이 가지고 있는 성질과 구조 그 다음에 활용도, 이런 것들을 우리가 이제 알기만 하면 원하는 대로 뭐든지 할 수 있는 거예요. 그러면 이제 뭐가 되지요? 과학이 만능이 돼. 요즘 시대는 과학 만능이죠? 옛날에는 하나님 말씀 그러면 옳습니다. 이렇게 했는데 요즘은 하나님 말씀 그러며는 당신이나 믿으세요. 그래요, 과학자 말씀 그러면 다 같이 믿읍시다. 그러죠? 그렇지 않아요? 그러니까 사실 요즘 우리가 살고 있는 이 시대는 또 다른 말로 말하면 과학, 교, 종교적으로 과학이 종교화되어 있는 거예요.

그러니까 사실은 종교라는 것은 무엇이냐면 이게 뭐 그동안 종교현상으로 보면 초월적 힘에 대해서 우리가 신앙하고 뭐 이런 것들이지만 사실 실질적으로 보면 종교라는 말 자체는 종이라는 것이 마루라는 뜻이에요. 마루니까 뭐죠? 가장 근본이 되는 가장 상위에 있는 모든 것들을 설명하고 모든 것들을 설명할 수 있는 어떤 원리 그것에 대한 가르침이에요. 그러니까 이 세상 모든 거 하나님에 의해서 이루어진다고 하거나 이 세상에 모든 것이 과학적으로 형성되고 있다고 이야기 한다면 과학이냐 종교냐, 기독교냐 과학이냐에 의해서 두 종교가 서로 다른 내용을 갖게 되는 것이죠.

그럼 불교는 뭐냐? 이게 이제 문제에요. 그러니까 불교도 우리가 바르게 이해할라며는, 이해하기 위해서는 불교는 존재를 어떻게 설명하느냐, 불교에서 말하는 존재는 뭐냐? 이거부터 알아야 될 거 아니에요? 그런데 우리는 지금 불교를 공부하면서도 이런 건 별로 관심이 없어요. 불교는 뭐 윤회설이고 윤회에서 벗어나기 위해서 수행을 해야지 뭐 그런 거 알 필요가 뭐가 있냐는 거지.

천만의 말씀이에요. 부처님은 사실은 불교는 이러한 존재론적인 문제, 이러한 문제에 대해서 부처님이 깨달은 거예요. 그리고 이러한 것들에 기초해야만 우리가 불교적인 삶을 또 살 수가 있는 것이고 그래서 인제 우리 불교를 공부한다고 하면 불교의 존재론을 확실하게 알아야 합니다. 그러면 불교의 존재론을 잘 알기 위해서는 불교 이외의 존재론이 무엇인지 또 그러한 것들은 어떤 문제가 있는지 이걸 정확하게 알아야 되겠죠.

이러한 문제들 때문에 오늘 이 시간에는 불교에서는 그러면 누가 만든 것도 아니다. 불교에서는 세상을 누가 만들었단 이야기 않지요. 여러분들이 한 번 불경을 보시며는 다른 모든 종교들은 태초에 누가 뭘 만들었다. 이런 이야기가 나와요. 태초에 하나님이 천지를 창조했느니라. 이렇게 나오잖아요. 불경을 여러분들이 읽어보면 태초에 부처님이 세상을 창조했다고 나옵니까? 그런 이야기는 없어. 그럼 도대체 불교에서는 이런 이야기는 없는가? 불교는 이런데 관심이 없나보다. 이렇게 생각하기 쉬운데 결코 그런 게 아니고 부처님은 이 문제를 진지하게 생각하셨고 그 동안 세상 사람들이 생각하고 있는 존재론은 전부 엉터리라는 것을 깨달으신 거예요. 그러니까 부처님의 깨달으신 내용이 근본적으로는 존재론에 대한 문제라는 것을 우리가 이해를 해야 된다는 말씀인 거죠. 부처님은 뭘 깨달았냐면 연기법緣起法을 깨달았어요. 연기緣起, 연기緣起가 존재론적으로 어떤 의미를 지녔는가를 우리가 알아야 되는 것이에요.

그럼 인제 불교 이외의 다른 존재론은 크게 두 가지가 있습니다. 인도 당시에도 있었고 지금도 있고 우리 인간들이 보통 생각하면 이 두 가지 중에 하나를 진리라고 믿게 되어 있어요. 첫째는 아까 기독교처럼 태초에 어떠한 신神적 존재가 이 세계를 창조했다. 이런 세계관을 갖죠. 그러니까 세계는 누군가 만든 존재가 있다. 이 세계는 누가 만들었다. 이렇게 인제 믿고 있는 입장하고, 하나는 세계는 누가 만들지 않아도 저절로 있었다. 자연이죠, 자연. 자연이라는 말은 뭐예요. 스스로 그렇게 있었던 것들이에요.

그러니까 과학에서는 신神을, 신神 이야기를 않죠? 과학에서는 어떤 이야기를 하나? 이 세계를 어떻게 설명하죠? 빅뱅이 있었다는 거예요. 폭발이 일어났어요. 폭발이 일어나 가지고 막 물질들이 만들어졌대요. 여러분들, 이해가 되세요? 여러분들이 왜 이해가 안 되냐면 여러분은 아직까지 그러한 생각을 해본 적이 없으니까. 생전 처음 들어본 말이니까 생소한 거예요. 이제 아마 많은 시간이 지나면 폭발에 의해서 세계가 만들어졌다는 이야기는 상식이 될지도 모릅니다.

그러나 지금 우리들이 볼 때는 우린 항상 뉴턴에 의해서 배웠던 물리학이 있어요. 원자가 세상에 만들어

졌고 원자는 본래부터 있었고 원자의 종류가 몇 가지고 이런 식으로 세상을 보고 있는데 딴 생각을 우리에게 이야기하면 우리는 이해도 안 되고 어렵게만 느껴지는 것이죠. 아무튼 이 세상은 지금까지 우리 주변에는 빅뱅이론조차도 어찌 보며는 원자론의 연장선에서 지금 만들어진 이론들인 거예요. 아무튼 이 두 가지 견해는 어떤 점에서 문제가 있을까요? 우선 제가 그 두 가지 세계관은 근본적으로 잘못된 세계관이라는 것을 여러분들에게 간단하게 설명을 먼저 해 드리고, 그리고 부처님께서 깨달은 연기법緣起法이 왜 존재론적으로 매우 중요하고 또 다른 생각인가 하는 이야기를 잠시 하려고 합니다.

마치 이세상은 태초라는 시간에 누가 세상을 처음 만든 사람이, 만든 존재가 있을 것 같은 생각을 우리는 누구나 할 수 있습니다. 그것이 진실인지 아닌지는 알 수가 없죠. 그러나 우리는 생각을 해볼 수 있죠? 이렇게 이제 생각해 보는 거예요. 이 세상을 누가 만들었을까? 이렇게 이제 물어보죠? 누가 만들었겠어요. 만든 놈이 만들었겠지. 우습죠? 우스워요. 사실은 매우 심각하게 생각해 가지고 얻은 답이라는 게 알고 보면 매우 우스꽝스런 구조로 만들어졌다는 사실을 알아야 해요. 그런데 우리는 그걸 모르고 있는 거야. 우스꽝스럽다는 사실을 모르기 때문에 그걸 금과옥조처럼 믿고 사는 거예요.

자, 우리가 창조자라고 그러죠? 하나님이 어떤 존재죠? 천지를 창조한 사람, 한 존재의 이름이 여호와에요. 그죠? 그러니까, 그 말은 이제 우리는 다시 한 번 돌이켜 보면 이 세상은 누가 만들었을까? 이렇게 물어놓고 만든 자가 만들었다. 이렇게 대답을 하는 거예요. 그럼 지금 물음하고 대답 사이에 어떤 새로운 내용, 물어서 드러난 사실이 있습니까, 없습니까? 우리가 뭔 질문을 하면 답이 나와야 돼요. 그런데 물음이 뭐였냐 하면 만든 자가 누굴까 하고 물었어요. 그래놓고는 대답이 만든 자가 만들었다 그래요. 그러니까 그 안에는 아무것도 지금 새로운 내용이 없죠? 하나마나한 소리를 하고 있는 거야. 나는 세상을 누가 만든 것처럼 보인다. 이렇게 자기의 믿음, 생각을 이야기한 것이지 사실이 단 하나도 없어요. 거기에, 밝혀진 사실이. 태초에 하나님이 천지를 창조했다는 말 속에는 어떠한 진실이나 사실이 없는 하나마나한 허무맹랑한 이야기인 거야. 이런걸 보고 무의미하다 그래.

과학자들은 그럼 똑똑한 생각을 했을까요? 우선은 누가 만든 자가 없다고 하니까 무엇으로 만들어졌겠지. 그러니까 이 세상을 구성하는 것들이 있겠죠? 그러니까 이렇게 무엇으로 만들어졌을까? 이렇게 이제 묻는 거예요. 그래놓고는 이것을 구성한 걸로 만들어졌겠다. 원자라는 말 자체도 사실은 굉장히 공허한 개념인 거예요. 근데 다행히도 과학자들이 과학을 깊이 연구하다 보니까 요즘 와서는 원자도 원자가 아니다. 라는 생각을 하게 됐어요.

왜냐면 원자가 안 깨질 줄 알았더니 깨져버리는 거야. 그리고 안 깨지는 것이 아무 것도 없어요. 그리고 변하지 않는 것이 아무 것도 없어, 원자가 깨지고 나니까 더 복잡해졌어요. 옛날 사람들이 원자를 찾아갈 때는, 원자만 발견하면 문제가 끝난다고 생각했더니 원자까지 도달했는데 원자가 깨져버렸어. 원자가 깨지면서 엄청난 일이 벌어졌어요.

이게 원자폭탄, 수소폭탄, 이런 게 만들어지는 거예요. 그러면서 인제 정말 지금 우리가 우리는 알지 못하지만 과학을 하고 있는 사람들, 학교에 있는 물리학과 교수들하고도 이야기해보면, 교수들도 요즘 하고 있는 양자역학, 이런 이야기하면 나도 몰라 그렇게 이야기를 하더라고요. 그만큼 복잡하고 어렵게 되어 있어요. 그러니까 과학이 이 세상을 다 밝혀놓은 것처럼 알고 있지만 사실은 과학적으로도 제대로 드러난 게 없다는 사실을 요즘 과학자들은 알고 있어요.

그럼 불교는 뭘까요? 부처님께서는 누가 세상을 만들었냐는 둥, 무엇으로 세상이 만들어졌을까? 이렇게 묻는 물음들이 참으로 허망하다는 것을 깨달았어요. 그러면 부처님은 이 세상은 어떻게 되어있다고 봤을까요? 부처님은 있는 것이 뭐냐고 물었어요. 지금 제 이야기를 잘 생각해 보셔야 돼요. 우리는 뭘 있다는 말 쓰죠? 있다고 하잖아요. 책이 있다, 뭣이 있다. 근데 그래놓고는 밖에 있는 것에 대해서 자꾸 요거는 뭘로 되어있을까? 누가 만들었을까? 이렇게 물어보는 게 아니에요? 누가 있으니까 그거에 대해 물었죠?
여기 컵이 있죠? 컵은 누가 만들었을까? 컵은 공장에서 만들었겠죠? 무엇으로 만들어졌을까? 유리조각으로 만들어졌겠죠? 이렇게 인제 물었어요. 유리는 뭘로 만들어졌을까? 막 쪼개니까 인제 규소나 뭐 이런 걸로 만들어졌다고 인제 하고 원자론이 나오거나 또는 이걸 누가 만들었을까? 하니까, 만든 사람을 계속 올라가 보니까 태초에 천지를 창조한 사람이 만들어가지고 왔다. 이렇게 인제 봤던 거 아니에요?

부처님은 첫 물음부터 다시 한 번 물어보는 거예요. 우리는 처음에 인제 컵이라는 것이 있다는 생각에서부터 컵은 무엇으로 만들어졌을까, 하고 물어봤던 거 아니에요? 그렇죠? 이게 진짜 컵입니까? 그렇지, 이름을 붙였잖아. 방금, 방금 굉장히 훌륭하신 말씀을 하셨어요. 사실은 우리가 지금 유리는 뭘로 됐을까 해가지고 또 유리로 만든 것 이름을 하나 붙여요. 원자도 다 이름이죠? 하느님도 이름이에요. 그거 다 우리가 붙여놓은 이름들인 거야. 그래요 안 그래요? 태초에 하나님이란 존재가 있었어요. 아냐, 우리가 하나님이라고 부르면 하나님이 되고 유리라고 부르고 컵이라고 부르니까 컵이 되는 거고 그러니까 우리는 지금 무슨 짓을 하고 있느냐면 지가 이름을 붙여놓고 그것이 있다고 믿는 거예요.

쉽게 말하면 우리는 앞으로 이것을 컵이라고 부르

자 이렇게 말해놓고 어, 저기 컵이 있다. 자기하고 아무 상관없이 컵이 있대요.

우리가 말하는 존재는 그런 식으로 말하는 존재들 밖에는 없는 거예요. 우리에게 지금 없다고 하는 것이 무엇이냐. 아, 보이니까 있다고 말하는 구나. 여러분들이 인제 세상에 있다. 그러면 뭐가 보이니까 있다 그러죠? 보이지 않으면 없다 그래. 그러니까 있는 것을 보는 것이 아니라 보이는 것을 있다고 말하는 거예요. 제 이야기를 잘 생각하셔야 돼요. 지금 우리는 있는 것을 본다라고 생각하니까 있는 것이 나와는 상관없이 밖에 뭐가 있다는 생각부터 한단 말씀이에요. 그런데 사실은 보니까 보이니까 있다고 말하는 거예요. 그러니까 보지 않으면 있다는 말 할 수 있습니까, 없습니까? 이 세상에 있는 모든 '있다'는 말은 보고 듣고 여러분들이 뭐 있다는 말은 들리니까 있다고 그러죠? 냄새가 나니까 있다고 그러죠? 만져지니까 있다고 그러잖아요. 그러니까 결국은 우리가 있다고 하는 것은 모두가 다 보고 듣고 냄새 맡고 맛보고 만지고 생각한 결과로서 있는 것이지 있기 때문에 보고, 있기 때문에 듣는 게 아니라는 거예요.

그래도 여러분들은 그 무슨 괴변을 그렇게 저 교수는 늘어놓느냐. 있으니까 보지, 무슨 그런 말도 안 되는 소릴 하느냐. 이렇게 생각하실 거예요. 그런 분들이 있어요. 왜냐하면 아직까지 한 번도 그런 생각을 안 해봤으니까. 그리고 그 생각 속에 젖어있으니까. 그런데 이제 생각을 한 번 바꾸어서 보세요. 그렇게 되면 이제 새로운 세계를 볼 수가 있어요. 불교는 기존에 있는 우리들이 보고 있는 세상이 전도몽상傳導夢想. 잘못된 생각이라는 것을 깨닫도록 해주는 불교 가르침입니다.

그걸 깨달으라고 가르치니까. 깨달은들이라는 말은 깨닫는 다는 뜻 아니에요. 붓다, 깨달은 분이라는 뜻 아니에요. 부처님은 그걸 깨달았고 우리도 그걸 깨닫도록 부처님이 가르쳐준 게 불교에요. 그러니까 우리가 불교를 통해서 해야 할 작업은, 지금 내가 가지고 있는 생각으로 세상을 볼라 생각을 하지 마시고, 그 생각이 어디서 잘못되어 있는가를 스스로 깨달아 가지고, 생각을 바꾸어서 세상을 볼 수 있는 힘을 기르는 거, 그래가지고 다른 세상을 우리가 보게 되는 거, 이게 인제 깨달음이고 불교가 지향하는 해탈인 것입니다.

그러니까 하느님한테 매여서 살 필요도 없는 것이고, 밖에 있는 물질들에 의해서 매여 살 필요도 없는 거예요. 근데 지금까지 우리 인류는 세상을 만든 자. 그 만들어진 것들에 지배를 받으면서 살았어요. 그러니까 이제 과학이 발달하면서부터는 우리들이 전부 우리의 삶이 무엇에 의존하게 됐냐면 과학에서 이야기하는 물질에 의존하게 됩니다. 지금 우리들의 삶이 전부 물질에 의존하고 있죠? 세상을 물질로 설명했으니까 원자로 설명하고 있으니까. 그런가 하면 하나님이 세상을 창조했다고 하는 사람들의 삶은 누가 지배합니까? 하나님이 지배하잖아요.

근데 이제 불교는 뭐냐 하면 내가 보니까 내 세상이 벌어지는 거예요. 세상을 벌려놓고 있는 존재는 누구예요. 나잖아요. 나죠? 그러니까 이제 불교는 불교를 공부하면 어떤 삶이 이루어지겠어요? 하나님을 의지하고 살아야 되겠어요? 밖에 있는 물질을 의지하고 살아야 되겠어요. 지금 살아서 보고 듣고 있는 냄새 맡고 있는 이, 나 자신을 의지해서 살아야 되겠어요? 네? 그렇죠, 나 자신에 의지해서 살아야 되겠지요? 이게 불교입니다.

그러니까 인제 이 불교의 존재론을 올바로 이해하게 되면 어떻게 나 자신에 의지해서 살아갈 수 있는 길이 열리는가? 이런 것도 아울러서 알게 되는 것입니다. 그래서 이번 존재론은 그런 의미에서 어떤 분들은 불교를 존재론도 이야기하니까 불교는 종곤데 자꾸 이 교수는 불교를 철학적으로 다 분석해 가지고 불교는 아주 신비하고 아주 종교적으로 아주 이런 뭐가 있는데 너무 철학적으로 이야기 해가지고 불교의 본질을 흐려놓는다고 보시는 분이 혹 있을 수도 있는지 모르겠습니다.

근데 그렇지 않습니다. 불교를 올바로 보면 불교 속에 우리의 삶을 근원적으로 변화시키는 큰 원리가 있다는 것을 모두가 깨달을 수가 있을 것입니다.

제2강

삶의 주인공은 '나' 내 삶은 내가 만든다

지난 시간에 저희들이 부처님께서는 의식이 있고 생각이 있는 한 길 몸속에 있는 세상에 대해서 이야기 한다. 다시 말해서 우리가 보고 있는 이 세상은 시간과 공간 속에 벌어져 있는 세계가 아니라 살아있는 생명들이 살면서 벌려놓은 세상이다. 이렇게 이야기 할 수가 있습니다. 그런 의미에서 인제 불교에서는 이 세상의 근원이 이 세계의 뿌리를 12입처 라고 합니다. 12입처十二入處라는 것은 안이비설신의색성향미촉법眼耳鼻舌身義色聲香味觸法. 이걸 이제 우리가 12입처十二入處라고 그러죠? 이 12입처十二入處는 외입처外入處와 내입처內入處로 나뉩니다. 내외內外라는 개념은 뭣이냐면 우리들은 보고 듣고 냄새 맡고 맛보고 만지고 생각하는 이 육입처六入處 이것을 나我라고, 내라는 것은 자기죠? 외外라는 것은 바깥의 세상이죠? 그러니까 인제 내입처內入處 라는 것은 그것으로서 자기를 구성하고 밖에 있는 세상은 보이고 들리고 냄새 맡아지고 만져지는 것들로 바깥세상이라는 뜻이에요. 내입처內入處 외입처外入處 이걸 합쳐서 12입처十二入處라고 부릅니다.

아, 우선 12입처十二入處에 대한 부처님의 말씀을 우선 경전을 통해서 한 번 읽어보고 그 경전의 내용을 제가 설명하면서 이 12입처十二入處 이야기를 내가 하도록 하겠습니다. 199쪽에 보시면 잡아함경에 보면 바라문이, 바라문이라면 브라만교의 사제죠? 성직자죠. 생문이라고 하는 바라문이 부처님에게 왔어요. 부처님에게 찾아와 가지고 이렇게 묻습니다. 구담이시여 소위 일체一切라고 할 때에 당신은 무엇을 일체一切라고 합니까?

그러니까 부처님께서 바라문에게 이르시되 일체一切란 12입처十二入處를 말한다. 이렇게 대답을 했어요. 이 사람이 와서 지금 뜬금없이 일체一切가 뭐냐고 물었어요. 일체一切라는 말뜻은 그냥 모든 것이란 뜻이죠? 누가 와서 여러분들한테 일체一切가 뭡니까? 이렇게 물으면 여러분들은 뭐라고 대답하시겠어요. 아마 저 사람이 무슨 말을 하는 거야, 일체一切가 뭐냐, 이게 질문이에요 뭐예요? 이게 뭐예요, 이게 이상하잖 아요.

근데 지금까지 이 경을 해석하면서 일체—切는 그냥 모든 걸 생각한다고만 해석을 하고 있어요. 모든 것은 12입처十二入處 다. 대부분이 왜 모든 것이 12입처十二入處 냐면 12가지 안에 들어간다고 해서 입入자가 있잖아요. 모든 것은 12가지 안에 들어가 있으니까 입처入處라고 했다. 이렇게 한문 한자를 가지고 해석해버리는 경우가 많습니다.

그런데 여기서 우리가 입처入處라고 번역한 그 말이 산스크리트어로는 인도말로는 아야따나라는 말이에요. 아야따나. 또 아야따나라는 것은 뭔가? 아야따나라는 말을 입入이라고 번역하고 입처入處라고도 번역하고 처處라고도 번역을 했습니다. 그러면 왜 눈, 귀, 코, 이런 걸 아야따나 라고 불렀을까요? 이미 육근六根, 육경六境 이런 말들은 있습니다. 육근六根이, 이 근根이라는 말은 인드리아라는 말인데 그 당시에 사람들이 안이비설신의眼耳鼻舌身義 눈 귀 코 이런걸 보고 우리의 지각知覺구조 지각知覺작용을 하는 우리들의 그 시각, 지각知覺기관이죠? 지각知覺기관도 지각知覺

기관이지만 지각知覺하는 능력을 이야기해요. 그러니까 육근六根이라는 말은 지각知覺하는 능력이나 활동을 이야기한다고요.

말하자면 얼굴에 붙어있는 눈동자를 이야기 하는 게 아니에요. 어~, 쉽게 말하면 우파니샤드에 보면 보니까 눈이라고 불린다. 이렇게 말합니다. 그러니깐 보니까 눈이라고 불린다는 말은 뭐죠? 보는 시각작용을 눈이라고 부르지 눈이 있어가지고 보는 놈이 아니에요. 왜 이 사람들은 그런 말을 쓰냐 하면 눈은 눈이 있지만 진짜 그걸 보는 놈은 따로 있어요. 아트만이 봐요, 아트만. 브라만, 아트만. 그러니까 영혼이 있어가지고 본다는 생각을 하는 거예요. 우리 안에 그것을 보는 내가 있는 거예요. 우리는 전부 그런 생각을 대부분 합니다. 여러분도 볼 때는 눈이 봅니까, 눈으로 내가 봅니까? 그래요 눈을 통해서 내가 보죠? 이 생각을 육입六入이라 그러는 거예요. 그러면 밖에는 내가 보든 보지 않든 간에 밖에 보이는 놈이 들어있죠? 여러분들이 보는 색깔 속에는 그 색깔을 내는 놈이 들어 있는 거예요 지금. 그러니까 뭐가 들어있는 장소라는 뜻이에요. 처處가. 무슨 이야긴지 아시겠어요?

그래서 이 말이 어디에서 처음 출현하냐 하면 우파
니샤드, 찬도갸우파니샤드라고, 우파니샤드 중에서도
아주 오래된 초기 우파니샤드에 속하는 우파니샤드
에 이런 이야기가 나옵니다. 실로 일체一切는 브라만
이다. 모든 것은 브라만에서 생겨나서 브라만으로 돌
아가며 그 안에서 숨 쉰다. 그러므로 평안한 마음으로
이 브라만을 경배하라, 이때 지금 일체一切라는 말이
나왔어요. 일체一切, 그러니까 지금 일체一切는 브라만
이다 그랬죠? 그 말은 뭐예요? 이 세상 모든 것은 브
라만이 만들어냈다. 브라만에서 나왔다, 세계의 근원
은 브라만이다. 일체一切의 뿌리가 브라만이다. 이런
뜻 아니겠어요?

지금 이 브라만이 와서 부처님한테 일체一切는 뭐이
냐고 물었을 때에 이 물음은 어떤 식의 물음이겠어요?
그러니까, 우리 바라문교에서는 일체一切는 브라만에서
나왔다고 하는데 이 세상에 모든 것들이 나오고 있는
근본根本을 당신은 뭐라고 가르치고 있습니까? 이렇게
물었던 거예요. 그러니까 브라만에 상응하는 불교의 존
재는 뭐냐? 이렇게 물은 거예요. 지금, 이해가 되세요?
일체一切는 브라만이다. 이렇게 말했으니까.

그러며는 쉽게 말하면 기독교에서는 일체一切는 하나님이죠? 하나님이 일체一切를 만들었으니까, 그다음에 이 자연과학에서는 일체一切는 원자죠? 뭐든 원자로 만들어졌으니까. 어떤 유명한 물리학자가 이런 이야기를 했어요. 우리 인간 인류의 모든 지적인 모든 지식들이 다 사라져도 단, 한 가지만 남겨놓으면 된다는 거야. 이게 가장 중요하게 알려져야 될게 뭐이냐면 이 세상은 원자로 구성되어 있다. 그 사실은 그 사실만 알면, 우리가 알고 있으면 된다는 거예요. 그러니까 이제 과학적으로 본다며는 이세상은 무엇으로 되어있는지를 알면 신神이 만들었네 뭐, 이런데 헷갈리지 않고 우리가 그 뿌리로부터 우리는 새롭게 우리문화를 다시 재생해 낼 수 있다는 거예요. 이만큼 중요한 겁니다.

일체一切가 뭐냐? 브라만으로 되어있냐, 원자로 되어 있냐? 이렇게 묻는 거예요. 지금. 그 당시 인도 사회에서 원자론이 있었습니다. 이게 뭐냐면, 지수화풍地水火風 4대설四大說이에요. 이게 이제 아지따싸 깜발론이라고 하는 유물론자는 이세상은 지수화풍地水火風 4대四大로 되어있다. 이렇게 주장을 했고, 브라만교에

126

서는 이세상은 브라만이 만들었다. 이렇게 이야기하는 거예요.

  그러니까 지금 우리가 살고 있는 우리 시대에 기독교적인 사고思考하고 과학적인 사고思考가 이미 부처님 당시에 구조적으로 있었어요. 똑같은 구조를 가지고 있습니다. 지금 부처님한테 물었던 거예요. 이 사람이, 우리는 브라만을 가지고 세계를 설명하고 있는데 당신은 무얼 가지고 이 세계의 존재들에 대해서 이야기할 수 있습니까? 이렇게 물었던 거예요. 그러니까 부처님께서 뭐라 했어요? 일체一切는 12입처十二入處다. 이렇게 말했습니다. 근데 12입처十二入處에서 나오는 입처入處라는 말이 또 그럼, 어떻게 해서 입처入處라는 말은 도대체 어떤 말로 부처님께서 썼을까? 이게 궁금하지 않습니까? 부처님 당시에 입처入處라는 말을 썼어요. 누가? 우파니샤드에서, 지금 제가 우파니샤드 이야기를 자주 하는 것은 그 당시에 가장 중요한 철학적 토대가 되는 문헌이 우파니샤듭니다. 그러니까 인제 인도에서 철학적인 사고가 구체적으로 드러나기 시작한 것이 우파니샤드라는 문헌 속에서 드러나게 되고 어떤 학자들은 우파니샤드가 인도에서 나타난 모든 사상의 뿌리라고 이야기해요.

불교도 어떤 철학적인 용어를 사용할 때는 우파니샤드에서 이미 사용한 용어를 사용하지 않을 수가 없는 것입니다. 왜냐면 그 당시 지식인들이 통용하고 있는 용어 아니겠습니까? 그러면 이 아야따나라는 말, 다시 말해서 입처入處라는 말을 우파니샤드에서는 어떤 식으로 썼을까요?

이런 이야기가 나옵니다. 우파니샤드, 아까 말한 찬도갸우파니샤드에 보면 숨, 눈, 귀, 마음을 브라만이 머무는 자리의 이름이다. 그러니까 인제 내가 너에게 브라만이 머무는 장소를 브라만이 인제 어디에 브라만이 살고 있습니까? 어디에 들어있습니까? 이렇게, 우리가 브라만이 있는 지금 인도 철학에서는 브라만을 알아야 돼요. 우리는 브라만을 모르기 때문에 윤회하고 있어요. 그래서 우파니샤드에서는 브라만이 어디에 있는가? 브라만을 찾는 작업을 하는 거예요.

이 브라만을, 내 안에 있는 브라만을 아트만이라고 불러요. 각자 안에 있는 브라만을, 그러니까 브라만과 아트만은 동일한 존잽니다. 그래서 내 안에 있는 브라만을 어디에서 찾을까요? 그러니까 네 군데에 들어가 있다는 겁니다. 그때에 아야따나라는 말을 써요. 그 네 군데가 어딥니까? 그러니까 숨을 쉬는 우리가 호흡하죠? 호흡할 때는 그 누가 호흡을 해요? 브라만이 하는 거예요. 호흡 속에는 누가 들어 있어요? 공기만 왔다갔다 안 해, 공기 속에 지금 누가 숨을 쉬고 있죠? 그 호흡 속에는 브라만이 들어 있어요. 그러니까 살아있는 것들은 전부 호흡들을 하죠. 브라만이 있으니까 살고 있는 거예요. 이런 뜻이에요 지금.

그 다음에 눈. 볼 때는 눈에 머물고 볼 때는 브라만이 눈 속에 들어가서 보고 있는 거예요. 들을 때는 귀에 머물고 생각할 때는 마음에 머문다. 그러니까 숨과 눈과 귀와 마음. 이 네 장소가 브라만이 머무는 장소다. 이렇게 말했던 거예요.

부처님께서는 그 네 가지 장소라는 그 개념을 사실은 우리 중생들의 아상我想, 나라고 하는 생각이 머무는 네 장소를 지금 이야기하면서 안이비설신의眼耳鼻舌身義 네 곳을 그렇게 이야기하고 있는 거예요. 그러니까 이제 우파니샤드 철학자들이 눈, 귀, 아트만이 그 안에 머물고 있다고 그러니까 그렇게 너희들이 머물고 있다고 하는 그러한 생각을 통해서 사실 뭐가 나와요? 우리 중생들의 괴로운 세상이 벌어진다는 이야기를 나는 하고 있는 거야. 이런 식의 대화니다. 지금 이 이야기가. 그래서 불교에서는 존재론적으로 이야기 할 때, 이 세상의 존재는 누가 만든 것도 아니고 무엇으로 만들어진 것도 아니고 모든 생명들이 가지고 있는 생명들의 지각활동, 그러니까 이제 사람은 눈, 귀, 코에 몸 마음이 있으니까 그 보고 듣고 맡고 맛보고 만지고 생각하는 세계가 벌어지겠죠?

그런데 만약에 지각구조가 우리와 다른 생명들은 어떤 세계가 벌어지겠어요? 같은 세계가 벌어지겠습니까, 다른 세계가 벌어지겠습니까? 그렇죠? 다른 세계가 벌어지죠? 아~ 예를 들어서 우리는 눈으로 모든 사물들을 분별해 내죠? 근데 많은 동물들은 냄새로 분간한답니다. 우린 아주 미세한 빛도 다 분별해 내잖아요? 이렇게 아주 얼마나 많은 색깔을 우리는 분별해 냅니까? 근데 대부분 다른 동물들은 색맹이 많답니다. 우리처럼 이렇게 자세한 분별을 못해요. 그 대신 냄새는 아주 기가 막히게 맡아요. 예를 들면 모기 같은 거는 수백 미터 떨어진 데서 사람 피 냄새를 맡고 온답니다. 여러분들은 옆에 있는 사람 피 냄새도 못 맡잖아요. 그죠? 개는 엄청 우리보다 냄새 잘 맡죠? 개는 우리가 얼굴을 가리고 있어도 주인 다 알아봐요. 개가 주인을 뭘로 알아보겠어요? 냄새만 맡아보면 알아. 근데 우리는 얼굴만 가려버리면 누군지 모르잖아요. 그러니까 사실은 냄새가 더 정확하게 분별해 내는 거예요. 그러니까 우리는 인제 아름답고 추한 모습을 눈에 보이는 모습으로 분별해 내죠? 개들은 뭘 가지고 하겠어요? 개는 그러니까 미의 기준이 틀려요. 미의 기준이.

세상이 절대로 우리는 밖에 있는 것들이 객관적으로 주어져있다고 말하지마는 그리고 인제 지금 과학으로도 밝혀지고 있습니다마는 이 세계는 생명이 있으니까 세상이 나와요. 생명이 없는 곳에는 세상이 없습니다. 그러니까 아무도 보지 않으면 세상에는 빛깔이라는 게 있겠어요, 없겠어요? 빛깔이 나올 수가 없죠? 냄새 맡은 존재가 없으면 냄새가 있겠습니까, 없겠습니까? 귀가 없으면 소리가 있겠어요? 여러분들은 소리가 있어서 들린다고 하지만 여러분들은 소리를 만들어 내놓고 있어요. 지금까지 우리는 전부 거꾸로 생각했죠?

그 생각이 전도몽상이예요. 반야심경般若心經에 전도몽상傳導夢想이라고 그랬잖아요. 그러니까 인제 우리는 자꾸 전부 지가 만들어놓고 그걸 분별해가지고 좋네, 싫네 하고 사는 거야. 그러니까 여러분들이 이제 마음만 바꿔가지고 다시 뒤집어 버리면 싫었던 것도 좋게 볼 수가 있고 좋았던 것도 싫게 볼 수가 있겠죠? 이 이치를 잘 알면 자기가 마음을 쓸 줄 아는 거예요.

내 마음이 밖에 있는 것에 걸려있으면 좋은 것과 나쁜 것이 나를 움직이죠. 근데 인제 내 마음대로 정한다고 생각하면, 좋고 나쁜 것을 내가 만들어 낼 거 아니에요? 근데 만들어 낼 때 좋은 걸 만들어 내야 좋겠어요? 나쁜 걸 만들어 내야 되겠어요, 좋은 걸 만들어야 되겠죠? 여러분들이 화가 나면 바깥에 있는 것이 좋아져요 나빠져요? 화가 난다고 밖에만 나오면 화를 내는 놈이 있는 거예요. 생각을 바꿔서 자비로운 마음을 탁 가지면는 화는 사라지고 연민의 마음이 나타나고 사랑하는 마음이 생겨버리면 달라지잖아요.

　불교는 세상을 뒤엎을려고 해. 근데 세상을 뒤 엎으면서, 바깥의 세상을 뒤엎을려고 하는 것이 아니라 안의 세상을 뒤 엎어야 해요. 이게 현명해. 지금까지 많은 세상의 영웅들이 세상을 엎었어요. 새 세상을 만들어 보자고. 개혁을 하고 혁명을 했죠. 근데 그 결과가 얼마나 좋아요? 사실은 좋아진 거 같은데 대체적으로 좋아진 게 없어. 오히려 인간들의 삶은 더 괴로워졌어요. 부처님이야말로 위대한 혁명가에요. 부처님은 세상을 바깥에서 바꿀라 하지 말고 우리 안에서 바꾸자는 거예요. 지금 앞으로 우리가 이제 이 세상이 가야 될 길은 거기에 있습니다. 지금 막 누구 뭐 어느 정당을 밀고 정치를 잘 해 가지고 뭐가 되겠다. 아 제가 보니까 이 사람 이런 이념 저런 이념으로 가봐야 결국은 대결을 벗어날 수가 없어요. 투쟁 속에서는 우리가 행복할 수 없어요. 그걸 극복하기 위해서는 우리가 마음 안에서 혁명을 일으켜야 됩니다. 이게 불교운동이에요. 이 불교운동은 조용하고 평화롭게 진행이 됩니다. 그러면서도 세상은 엄청나게 큰 변화를 가져올 수 있습니다. 지금 저는 우리 시대가 바로 그러한 거대한 혁명이 필요한 시대라고 봅니다. 그렇지만 이 혁명은 촛불을 들 필요도 없어요. 총칼을 들 필요는 더더욱 없고, 어떻게? 내 마음에 등불을 밝히면 되는 거예요.

그런데 인제 바로 이런 걸 밝히기 위해서는 이 세상이 어떻게 만들어 진질 알아야 될 거 아니에요? 이게 바로 우리들이 보고 듣고 냄새 맡고 만지는 데에서 일어나는 데, 근데 이 고통스런 세상은 어떻게 나타나냐면 보고 듣고 만지면서 그거 안에 나, 이거는 보는 것은 나고 보이는 것은 나 아닌 남이다. 이렇게 분별을 하면서 보고 있어요. 이게 12입처十二入處에요. 그러니까 인제 수행을 할 때 뭘 해야 되냐하며는 보고 듣는 자리에서 수행을 해야 돼. 이게 인제 불교 수행에서 사념처四念處에요. 신념처身念處. 그래서 보면 볼 때, 들으면 들을 때, 그 보고 들을 때 일어나는 마음 이런 것들을 통찰하면서 이것이 보는 놈도 없고 보이는 놈도 없구나. 연기緣起하고 있구나. 보는 놈이 있으니까 보이는 놈도 있고 보이는 놈이 있으니까 보는 놈이 있어서 둘은 분별이 없구나. 하나구나. 이렇게 인제 보면서 나라고 하는 망상妄想을 떨쳐내고 제

법계공諸法戒功, 연기緣起, 이런 것들을 깨닫게 되는 거
예요. 이런 걸 깨닫도록 부처님이 가르쳐 놨는데 앉
아있다 보면 무엇이 깨달음이 올 거라고 생각하면 안
돼요. 수행은 그런 식으로 해 가지고는 성공사례가
별로 없습니다.

아~ 그런데 이런 공부를 열심히 하시면 금방금방
다는 몰라도 조금씩이라도 와서 막 닿고 아마 공부하
신 분들 가운덴 어떤 분들은 이런 걸 느낄 때 마다 온
몸이 막 전율이 되고 환희심이 일어나고, 이중에도
지금 그런 분들이 몇 분 계세요. 저한테 와서 그런 걸
느꼈다고 말씀하신 분이 아까도 방금 강의 끝나고 나
가서 저한테 그런 말씀을 하신 분이 계셨어요. 공부
를 하면 이 공부를 제대로 하면 부처님께선 그랬어
요. 이거는 뭐 하루저녁에도 깨달을 수가 있다. 제대
로만 하면 불교는 그렇게 어렵고 난해한 게 아니라
제대로 우리가 알고 간절한 생각을 가지고 공부를 하
면 누구나 쉽게 깨달아서 그 삶을 살 수가 있는 게 부
처님의 가르침입니다.

그 출발점이 바로 12입처十二入處가 무언 줄 아는 거

예요. 12입처十二入處를 육근육경六根六境이다. 이렇게 해버리며는 도대체 거기서는 길이 안 나옵니다. 그런데 우리는 전부가 다, 볼 때 내가 눈 안에서 보는 놈이 눈 안에가 있는 것처럼 보고, 보일 때는 컵, 여러분 들이 컵이라고 할 때는 컵의 색깔, 컵의 모양이라고 말하죠? 그러니까 이 모양 속에 지금 뭐가 들어 있어요? 컵이 들어있다고 보는 거예요. 그리고 보는 나, 듣는 나, 그럴 때는 보고 듣는 행위 속에 지금 내가 있다고 보잖아요. 그 내가 어디에 있어요? 지금 사실 찾아보면 아직까지 그 나를 찾아서 본 사람이 단한 사람도 없어. 근데도 항상 그놈이 있어갖고 산다는 생각을 가지고 오는 사람이 있어. 이게 착각 속에서 보이는 납니다.

그럼 진정한 나는 뭐겠어요? 진정한 나는 지금 보고 보이는 놈이 함께하고 있을 때 일어나고 있는 나에요. 그러니까 나는 지금 내 삶을 통해서 나와 이 세계는 온 세상이 한 덩어리가 돼 가지고 있는 거예요. 여기에는 너와 나의 분별分別이 실제로는 있습니까, 없습니까. 보지 않으면 보는 내가 없겠죠? 보이는 놈이 없으면 보는 놈도 없는 거예요. 이 공부를 깊이 생각하시고 통찰하면서 깨달아 가야 돼요. 지금 제 이야기만 들으면 그럼 내가 있단 이야기야 없단 이야기야. 우린 항상 있냐 없냐 둘 중 하나를 가지고 어영부영 하지 말고 있으면 있다, 없으면 없다 말하라. 이런 식이에요. 제가 중도中道, 지난번에 이야기했지요? 부처님께서는 유무중도有無中道. 세상 사람들은 있다, 없다라는 생각에 빠져있는 거예요. 그 생각을 벗어나서 이렇게 인연因緣에 의해서 연기緣起하여서 모이면 있다고 하고 그게 사라지면 없다고 하는 것이다. 연생연멸緣生緣滅을 우리가 인연因緣 연기緣起를 보는 자는 유무有無 이견二見에 빠지질 않아요. 이게 정견正見이고 중돕中道니다. 이 중도中道에서 볼 때 이제 12입처十二入處가 잘못된 생각이라는 것을 볼 수가 있는 거예요. 그래서 이렇게 우리는 인제 12입처十二入處는, 일체一切가 12입처十二入處다 라는 말은 다른 말로 말하면 중생들의 괴로운 세계는 무명無明에서 연기한다는 말과 다름이 없는 이야깁니다.

그러니까 우리가 연기설緣起說을 보게 되며는 12입처十二入處가 있지만 그 앞에 무명無明이 있으니까 행行이 있고 행行이 있으니까 식識, 명明, 색色, 육입六入.

이렇게 나오죠? 사실은 이것도 한 줄로 되어 있다고 해서, 쭈욱 직선으로 되어있는 이야기가 아니에요. 연기緣起의 사유思惟라는 것도 제대로 잘 갖추어서 하게 되며는 굉장히 입체적으로 이게 또 살아서 움직이는 역동적인 우리들의 의식의 흐름을 이야기하고 있어요. 그런 이야기들을 앞으로 인제 공부하면서, 오늘 이야기는 육입처六入處를 중심으로 해서, 불교에서 말하는 세계는 무엇으로 만들어진 것도 아니고 누가 만든 것도 아니다. 그럼 뭐냐? 우리들이 살아가면서 보고, 듣고, 냄새 맡고, 맛보고. 만지는 삶 속에서 일어나는 것들이 세계다. 이 이야기를 지금 하고 있는 겁니다. 이게 부처님이 말씀하신 세계에요. 불교의 세계관입니다. 이것을 화엄경에서는 일체유심조一切唯心造다. 이렇게 말했죠. 뭐, 마음 안에 있는 것이 세상을 만들어 냈다는 이야기가 아니라 우리의 삶이라는 것이 마음이 없으면 살 수 있어요, 없어요? 없죠? 그러니까 삶에 의해서 세상은 벌어진다는 말을 일체유심조一切唯心造라고 말하는 겁니다.

그러면 우리 마음은 뭘 하고 있어요? 마음을 가지고 우리가 뭘 하죠? 업業을 짓죠? 업業을 짓잖아, 그래서 세상은 또 업보業報다. 이렇게 말하는 거, 그러니까 우리가 마음을 통해서 업業을 짓잖아요. 업業을 지으면 또 그 업業에 의해서 마음이 형성돼요. 이해가 되세요? 에~ 그러니까 인제 마음공부를 하려면 마음만 보고 있어 가지고 마음공부가 되는 게 아니라. 마음공부는 결국 몸으로 하게 되어있어, 그냥 내가 몸과 말로 행동을 해야만 마음에 변화가 일어나죠? 예를 들어 그래요. 아, 다른 사람한테 어려운 사람들한테 내가 보시를 많이 해야지. 생각을 많이 해요. 생각은 날마다 해. 근데 한 번도 내 손에서 돈이 나간 적이 없어. 그러면 그건 마음이 변하지를 않아. 어제 똑같이, 오늘도 똑같이, 생각만 일어났다 말아버려. 근데 인제 직접 행동해요. 행동을 해보며는 처음에는 10원을 내다가 다음에는 100원을 내게 되고, 다음에는 천 원을 내게 되고 만원을 내게 되고 전 재산을 내도 아깝다는 생각 없이 일어나.

우리 주변에 보면 어떤 할머니가 포장마찬가 뭔가 해서 몇 억 벌었는데 그걸 아~ 그냥 학교에다 다 장학금으로 줬대. 옛날 충남대학에서 그런 사건이 있었어요. 어떤 그, 노 보살님이 그 앞에서 조그만 포장마찬가 뭔가 했는데 그 양반이 평생을 모은 돈을 내가 죽기 전에 나는 공부를 못했으니까 우리 젊은이들 공부하는 학생들 장학금으로 써주세요. 학교에다 주고 갔데. 그게 하루아침에 그냥 나왔겠어요? 아마 그분은 평생 있으면 누구한테 나누고 주고 하는 마음들이 성숙해 가지고 뒤에 가서 그러한 큰 공덕을 짓는 몸이 되지 않았겠느냐, 맞죠?

불교공부 한다 하면서 맨날 절에나 왔다 갔다 하면서 책이나 보고 생각만 굴리고 있으면 안 돼요. 이게 좋은 것이다 하면 처음부터 다 할 수 없죠. 조금씩 직접 해보는 거예요. 이렇게 해보면 인제 느끼게 돼요. 아~ 부처님 말씀이 이런 뜻이었구나. 그러니까 부처님의 말씀은 체득하는 거예요. 이론은 굉장히 복잡해요. 그죠? 누가 그러더라고. 내가 이렇게 하니까 결국 불교는 이론이 아니라면서 저 사람은 이론만 이야기한다는 거야. 그렇지, 말로만 하면 다 이론이에요. 이게 말로 하여도 이론이 아닙니다. 하면 그 사람들은 실천을 통해서 이걸 증득하는 거예요. 무슨 이야긴지 아시겠죠?

이론적으로 말하면 연기론緣起論이라는 이론이에

요. 이게 연기론緣起論은 이론만 가지고는 되는 이론이 아니라 여러분은 누가 만들었냐? 하나님이 만들었다. 무엇으로 만들었냐? 원자로 만들었다. 이건 알고 나면 할 일이 없죠? 알고 나면 할 일이 없는 것들이야. 이론들이.

근데 불교의 연기론緣起論은 뭐이냐면 우리의 마음이 세상을 만든다는 이론이에요. 이론은 그래. 근데 마음이 만든다는 이론만 알고 있다고 되는 게 아니라, 그러니까 내 마음을 어떻게 만들어야 되겠다. 이제 어떻게 라는 답이 나오죠? 연기설緣起說을 이해하고 보니까 아까 하나님이 세상을 만들었다. 원자로 만들어졌다. 내 할 일이 없잖아. 하나님이 알아서 할 일이고 원자들이 알아서 할 일이지, 이 세상은 우리들의 마음에서 연기緣起한 것이고 마음은 우리들의 행동을 통해서 형성되는 것이다. 이런 것들이 원리로서 우리에게 드러났으면 우리는 내 마음을 변화시키기 위해서 행동을 하고 행동을 통해서 변화된 마음으로 다시 행동을 하다 보니까 내 마음에 큰 변화가 일어났다는 것을 누가 느끼겠어요? 스스로 깨닫는 거예요. 이걸 보고 인제 자각自覺이라고 그래요 자각自覺.

스스로 깨닫는 거. 이건 부처님이 대신 깨달아 줄 수도 없어. 부처님은 우리한테 그렇다는 원리를 설명해 주고 가르쳐 줄 뿐이에요. 아시겠어요?

부처님의 말씀을 우리가 들으면, 듣고만 있으면 이론이죠. 그 이론은 그런데 반드시 우리가 실천을 하면 체험적으로 자기화가 될 수밖에 없는 이런 이론이에요. 한 가지 인제 확실한 것은 우리가 육근육경六根六境, 항상 우리가 아비달마 불교에서 육근육경六根六境이 12입처十二入處다. 했던 것들에 대해서 육근육경六根六境은 12입처十二入處와는 같은 것이 아니다. 하는 이야기를 분명히 알아야 되겠고 실제로 불경 속에서도 육근육경六根六境은 다른 식으로 이야길 합니다. 그러니까 이제 에~ 일체는 육근육경六根六境이다. 이런 표현은 나오지도 않고 항상 일체一切는 12입처十二入處다. 이런 표현이 나오고, 육근六根에 대한 이야기는 여러분들의 교재 207쪽을 한 번 보실까요? 육근六根에 대한 이야기는 육근六根을 조복調伏하지 않고 단속하지 않고 지키지 않고 붙잡지 않고 닦아 길들이지 않으면 미래세에 반드시 괴로운 과보를 받는다. 이와 같이 육근六根을 조복調伏하고 단속하고 지키고 붙잡고 닦아 길들이면 미래세에 반드시 즐거운 과보를 받는다.

이 말은 뭐이냐 하며는 육근六根이라는 보고 듣고 냄새 맡고 맛보고 행동하고 생각하는 우리들의 지각활동이에요. 우리의 지각활동을 할 때, 우리의 육근六根이 우리는 어떤 식으로 작동 하냐면 육입六入으로 작동 할 때는 욕심으로 작동하죠? 여러분들은 좋은 것만 볼라 해. 뭘 보고도 지 좋을 대로 봐 버려요. 요즘 가짜 뉴우스가 유행한다면서요? 근데 지 맘에 드는 이야기가 진실로 들려. 사람들이 대부분 그렇게 살아요. 그러니까 인제 편 가름들이 일어나는 거야. 근데 이 편이나 저 편이나 전부 정의롭습니다. 하~ 내가 옳고 이래야 된다고 죽어라고 막 자기 주장을 해요. 근데 알고 보면 그 안에 뭐가 들어 있어요? 전부 지금 조복調伏하지 못했어요.

육근六根을 조복調伏하라는 것은 뭐이냐 하면 볼 때 욕망에 물들지 않고 편견에 물들지 않고 바르게 볼 수 있도록 하라 이런 뜻이에요. 단속하지 않고, 잘 단속을 해야 돼. 다시 말해서 우리는 자꾸 눈이 막, 지

좋은 것만 보러 다니잖아요? 그러니까 인제 우리의 오욕락五欲樂을 취하는 것들이 다 조복調伏을 못하니까 생기는 것들이에요. 눈으로 좋은 것 보고 싶고 코로 좋은 것 냄새 맡고 싶고 귀로 좋은 소리 듣고 싶고 이런데다 돈 많이 쓰죠? 누구는 막 오디오에다 돈을 쓰면 끝도 막도 없데요. 그게 귀 호강을 시킬라고, 이게 조복調伏을 못 시켜서 일어나는 일이에요.

조복調伏을 시켜버리면 그런데서부터 우리가 이제 움직이질 않어. 우리 마음이 그런다고 해서 안보이고 안 듣는 것 아니겠죠? 그러니까 육근六根은 항상 우리가 수행을 할 때 육근六根 수호를 하는 거예요. 근문根門을 수호를 하라. 그래서 불교 수행은 보고 듣고 냄새 맡고 맛보고 만지고 생각하는데서 출발해요. 수행을 어디서 딴 데서 할라 하니까 마음공부를 어디서 할랴 하니까 마음은 실제로, 인제 많은 분들이 그렇죠? 불교는 마음을 닦아야 한다고 하는데, 마음공부는 어떻게 합니까? 속을 들여다봐라, 관심법觀心法. 뭐가 마음이 어디가 있는지 보이지도 않고, 그죠? 근데 마음은 어디에 있냐 하면 여러분들이 볼 때 일어나고 들을 때 일어나고 이게 다 마음이에요. 근데 여

러분들은 그것이 마음인 줄 모르고 밖에 뭣이 있다고
보고 돌아다니고 있으니까 그때 인제 아 내 마음에서
일어나고 있구나. 라고 보기 시작하면 마음이 보이는
거예요.

근문根門을 단속하면 이거부터가 육근六根을 통해서
마음을 보기 시작하는 겁니다. 조복調伏하고 단속하
고 지키고 닦아 길들여라. 그러며는 그렇지 못하니까
우리가 항상 괴로움 속에 빠지는 거예요. 불교 수행
은 아주, 신념처身念處라는게 이거예요. 신념처身念處.
그러니까 불교에서 사념처四念處라는게 신수심법身受
心法 있지 않습니까? 신수심법身受心法에서 신념처身念
處는 바로 이렇게 육근六根, 말하자면 보고 듣고 냄새
맡고 맛볼 때 이러한 내 몸에서 보고 듣는 게 전부 뭘
로 해요? 우리 몸으로 하잖아요. 그러니까 이 몸을 가
지고 보고 듣고 냄새 맡고 맛볼 때마다 항상 거기에
집중해서 일어나고 있는 것. 보고, 보는데 아유, 저거
갖고 싶어. 이런 생각이 나면, 이건 욕심이야. 딱 알
아차리고 단속하고 저거 좋다고 자꾸 볼라하지 말고
우리가 인제 자꾸 중독에 빠지고 이런 것들이 전부
근문根門을 단속 못하면 중독이 돼요 중독. 그래가지

고 보던 것을 계속 봐야 되고 안 보면 막 불안해지고 그러죠? 못 느끼셨어요? 평생을 그렇게 사셨잖아. 우리가 지금까지.

근데 인제 그것으로부터 벗어날 수가 있어요. 이걸 보고 해탈解脫이라고 그래요. 자유롭게 된 거. 불교 해탈解脫이란 이렇게 우리 일상적인 삶 속에서 자기가 무엇에 묶여 있는지를 알아야 벗어날 수 있을 거 아니에요? 어디 탈옥한 영화를 보면 쇼생크 탈출인가, 영화 있잖아요? 그 영화를 보니까 그 탈출을 하 기 위해서 그 사람이 뭘 하냐 하면 먼저 도면을 구해요. 그래가지고 감옥이 어떻게 생겼는지를 먼저 싹 이해하는 거예요. 그렇죠? 그리고 나서 정확한 지점에 인제 어디를 뚫고 가야 내가 나갈 구멍을 찾겠구나. 해가지고 도구를 만들어가지고 계획을 세워가지고 날마다 했잖아요. 결국 가서 탈출에 성공하잖아요.

수행도 마찬가지에요. 다시 말해서 우리가 지금 해탈하자는 것은 뭡니까? 지금 뭔가 갇혀있으니까 벗어나자는 거예요. 그럴라며는 내가 무엇에 갇혀있는지 알아야 될 거 아닙니까. 근데 불교 공부하면서 해탈解脫 열반涅槃을 구한다 하면서도 해탈解脫 열반涅槃만 하고 싶어 하지 무엇으로부터 어디로 가서 해탈解脫을 해야 할지 생각을 안 하고 산다는 거예요. 근데 부처님께서는 그런 공부는 아니라는 거죠. 그렇게 해서는 안 돼, 이 감옥 을 누가 만들었다고? 육입처六入處가 만들었죠? 12입처十二入處가 만든 감옥이에요. 세간世間, 그 세간世間을 만든 12입처十二入處가 바로 보고 듣고 냄새 맡고 만지면서 잘 못 본 것이 12입처十二入處에요. 그러니까 인제 보고 듣는 이 단속을 잘 해가지고 벗어날 길을 찾는 거예요. 불교 수행 원리가 그래.

수행을 하더라도 원리를 알고 이 경을 보면 그렇게 나오잖아요. 그러니까 일체一切는 12입처十二入處다. 그래놓고 육근六根을 잘 지켜야 된다. 이런 말이 나오잖아요. 그러기 위해서 6입처六入處라는 말을 썼고 6근六根이라는 말을 쓴 거예요. 같은, 보고 듣는 이야기를 하면서도 이런 차이를 가지고 경에 설해져 있으면 그 차이를 알고 경을 읽으면 우리가 바르게 이해할 수가 있는 것입니다. 그러니까 6근六根을 잘 수호 하며는 세간世間이 사라지겠죠? 말하자면 세간世間이 지금 우리는 육입처六入處를 통해서 세간世間을 만들어 놨으면 이 세간世間은 고통스러운 세간世間이잖아요. 그래서 근문根門을 잘 수호해서 6입처六入處가 사라지며는 세간世間이 멸멸滅滅하죠? 이걸 보고 열반涅槃이라고 그래요. 세간世間이 멸멸滅한다고 해서 바깥세상이 없어진다는 게 아니라 우리가 지금까지 왜곡된 마음을 가지고 벌려놨던 고통스러운 세상이 사라져요.

다시 말해서 모르고 저 웬수, 아이고 저 못된 것 하고 밤낮 괴롭게 바라봤던 대상이 그게 아니구나, 그러니까 그냥 있는 그 자리가 있는 그대로 극락이 되는 거예요. 그러니까 우리가 한 마음으로 깨달으면 처처處處가 극락이고 한 생각을 뒤집어서 헛생각을 하면 우리의 삶 자체가 고통인 거예요. 불교는 그 이야기를 하는 겁니다. 이런 이야기는 뭐 선가禪家에 이야기, 육조 혜능대사 이야기라고 해서 다를 바 없어요. 그러면 마음이 미혹하면 중생이고, 마음이 그 마음을 깨달으면 부처에요. 그 이야기가 다 이런데서 나오는 거예요. 그러니까 아까 미혹한 마음이 12입처十二入處라며는 깨닫는 마음이 뭐에요? 6근六根을 수호하면 마음이 밝아지는 거예요, 이렇게. 아시겠습니까?

우리는 불교를 수행하고 싶어 하고 누군가 해탈解脫도 하고 싶어 하지만 제대로 모르니까 지금까지 못해왔던 겁니다. 근데 우리는 이제 부처님 가르침을 제대로 알아서 공부를 하면 반드시 누구나 다 부처님과 같은 깨달음을 얻고 고통으로부터 벗어날 수가 있고 또 우리가 살고 있는 우리들의 세상을 밝고 행복한 세상으로 만들어 낼 수가 있습니다.

제3강

부처님이 말씀하신 '입처'란 무엇인가

우리는 지난 시간에 불교는 기존의 세계관과 다르다. 다시 말해서 누가 세상을 만들었느냐? 무엇으로 세계가 만들어 졌느냐? 이렇게 우리는 지금까지 세계에 대해서 묻고 답을 했다고 한다면 부처님께서 깨달은 것은 누가 만들었고 무엇으로 만들어진 것이 아니라 바로 우리들이 살아가면서 보고 듣고 냄새 맡고 맛보고 만지는 우리들의 삶 속에서 우리들이 세계를 사실은 보고 있는 것이다. 그러니까 이세상은, 보이는 것이, 우리는 보일 때 있다고 말하는 거야.

똑같은 존재도 말하자면 우리는 우리의 지각구조가 다르면서 다른 것을 보게 됩니다. 어떤 동물은 햇빛을 받으면 맛을 느낀데요. 그러니까 지렁이 같이 생긴 건데 빛을 쪼여주면 빛에 따라서 맛을 느낀답니다. 빛은 사실은 파장이죠? 요즘은 빛이라는 게 색깔을 가지고 있지 않아요? 그 빛이 우리의 인간의 눈에 들어와서 인간의 망막을 통해서 인간의 신경조직 속에서 색이 형성되는 거죠. 붉은색 푸른색 이런 색깔들은 사실은 밖에가 푸른색 붉은색이 있어서가 아니라 우리들의 눈에 의해서 지각된 내용이 붉고 푸르고 한 거예요. 맞죠? 그런데 우리는 푸른색이 밖에 있다고 말하지 않습니까. 그러니까 사실은 우리가 있다고 말하는 것은 우리가 보아서 있는 것이지 있는 것을 보는 게 아니라는 이야기에요. 없단 이야기를 하려고 하는 게 아니라 있다고 하는 것이 무엇인가를 우리가 정확하게 이해하자는 이야기를 제가 지금 하고 있는 거예요.

근데 우리는 안 봐도 있다고 생각하는 거예요. 밖에 내가 안 봐도 푸른 강이 흘러가고 내가 안 봐도 아름다운 음악이 흘러가고 내가 안 봐도 뭐가 있다는 거예요. 근데 안 보면 없어요, 보니까 있지. 그럼 이런 이야기를 부처님이 진짜 한 거냐? 그러면 여기 이 교수가 나와 가지고 지 생각대로 막 이야기 하는 거냐? 이렇게 생각할 수 있잖아요. 저는 제 이야기를 하지 않습니다. 저는 지금 여러분들한테 불교이야기를 하러 왔지 제 이야기를 하러 온 게 아니지 않습니까? 불경에 그렇게 되어 있어요. 그래서 지금 그 이야기를 지금 이 시간에 하겠습니다.

여러분들의 교제 192쪽을 보시면 붓다의 세계관, 의식이 있는 한 길 몸속에 있는 세계라는 글이 나오죠? 부처님께서는 이 세계를 밖에 있는 세계를 우리가 부처님은 이야기 하지 않는다, 라고 말씀하셨습니다. 그럼 밖에 있는 세계가 있는데 무시하고 안에 있는 세계만 이야기하려고 했던 것이 아니라 실제로 부처님께서 보신 세계는 밖에 객관적으로 있는 세계가 아니라는 것이죠.

그런 의미에서 지금부터 부처님의 말씀을 중심으로 해서 불교의 세계관, 부처님의 세계관에 대한 이야기를 좀 해보겠습니다. 이 세계라는 것은 우리가 세계, 이렇게 말하면 모든 존재를 통틀어서 그냥 세계라고 그러죠? 우리가 세계 그러면 이 세상에 있는 모든 존재를 통칭하는 말이에요. 근데 이 세계에 대한 생각 자체가 아주 달라요. 정말 이 세계는 어떻게 되어 있을까요? 우리는 지금 시간이 많이 흘러가고 있고 또 무한대로 펼쳐져 있는 공간 속에 우리가 존재하고 있

152

다. 이런 생각을 하고 있지요? 우리들의 세계관이에
요. 이게.

  근데 인제 과학자들이 지금은 공간이 무한히 펼쳐
져 있다고 안 해요. 아인슈타인 같은 분은 공간이 휘
어져있다 이렇게 말해요. 여러분들은 공간이 휘어 있
다는 말을 이해하시겠어요? 제가 설명할 필요는 없어
요. 과학 시간이 아니니까. 근데 아인슈타인은 공간
이 휘어있데요. 근데 우주는 어떻게 생겼냐니까 말안
장처럼 생겼데, 말안장이 이렇게 생겼죠? 우주는 말
안장처럼 생겼다는 것은 공간이 휘어있다. 이 말씀이
에요. 시간은 상대적이고 빨리 움직이는 물체는 시간
이 천천히 흐른다.
  이게 도대체가 우리는 그러니까 지금 아인슈타인
이야기를 한 번 들어 봅시다. 빨리 움직이는 물체는
시간이 천천히 흐른다. 그 말은 시간이 공간 속에서
절대적으로 있다는 이야깁니까 아니며는 개개의 사
물 속에서 시간이 흘러간다는 겁니까? 바꾸어 말하면
아인슈타인은 어떤 생각을 했냐면 시간이 절대적으
로 주어져가지고 우리들이 살고 있는 세계가 시간이
나 공간이라고 하는 절대적 좌표 속에 있는 게 아니

라 우리 각자 속에 시간과 공간이 들어있다고 말하는 거예요 지금. 그러니까 내가 빨리 움직이면 내 안에 있는 시계가 천천히 가고 가만히 있으면 더 빨리 간다는 거예요. 그러니까 빛의 속도로 가 버리며는 거기는 시간이 안 간데, 그럼 시간이 안 가는데 가 있다는 이야기는 뭐예요? 시간이 절대적으로 있다는 이야기가 아니잖아요. 이해가 되세요? 이해는 되지만 실감은 안 나죠? 실감이 안 나. 왜? 우리는 지금까지 그 생각 속에 젖어서 살고 있으니까. 근데 아인슈타인 생각도 부처님 생각에는 아직 못 미치고 있는 거예요.

중요한건 뭐이냐면 기존에 우리가 가지고 있던 절대적이라는 생각들이 깨지고 있다는 겁니다. 지금 현대과학에 의해서. 그런데 놀라운 것은 그러한 생각들이 부처님의 깨달음의 방향으로 변하고 있다는 사실이에요. 그래서 우리가 인제 불교를 제대로 이렇게 이해를 하게 되면, 앞으로 미래시대에 불교가 이제 우리 인류에게 어떤 역할을 할 수 있는가 하는, 그런 비전을 볼 수가 있어요. 그래서 이런 공부를 우리가 부처님 말씀을 제대로 좀 이해하고, 거기에 들어있는 의미를 깊이 있게 통찰한다는 것은, 여러 가지로 우리의 삶에 큰 의미가 있겠다. 이런 생각을 해 봅니다.

부처님이 살던 시대에는 그럼 그 사람들은 어떻게 살았냐? 그렇죠? 이 세상은 시간과 공간이라는 무수한 우주 속에 있는데 그 사람들은 우리가 가지고 있는 세계관 보다, 좀 더 다른 세계관을 가지고 있었어요. 말하자면 세간이 하나가 아니에요. 여러 개의 세간世間이 있어요. 그러니까 그 세간世間을 우리들이 돌아다니면서 산다는 거예요. 이게 윤회설이에요. 그러니까 윤회설도 역시 시간과 공간 속에서 일어난 사건이겠죠? 그러니까 지금 우리 불교를 공부하는 분들이 어떤 생각을 하냐면 불교는 윤회설이다. 더군다나 또 윤회를 믿지 않는 사람은 불교인이 아니다. 이런 주장까지 하는 분들이 계십니다. 여러분도 그렇게 생각하시나요? 윤회를 믿습니까? 그래가지고 믿습니다. 그러면 이 당신은 불교도군요. 안 믿습니다. 당신은 불교인이 아니군요. 그러며는 윤회에서 해탈한 사람들은 불교인이겠어요, 아니겠어요? 예? 아 해탈한 사람한테 윤회가 있겠어요, 없겠어요? 그 사람들은 불교인이 아니라고, 이게 말이 안 되는 이야기를 우리가 자기 생각만 가지고 하는 거예요.

  우리는 지금, 우리가 가지고 있는 생각들이 얼마나
모순되고 잘못됐는가를 부처님의 가르침을 통해서
깨달아 가고, 거기서 올바른 생각을 가지고 살아가는
길을 찾아내야 됩니다. 그러기 위해서 우리가 불교를
공부하는 거예요. 부처님 당시에 윤회설은 처음부터
나온 것도 아니고, 인도의 오랜 역사 속에서 인제 브
라마나 시기가 오게 되고 우파니샤드라는 시기가 나
타나게 됩니다. 그러니까 처음부터 윤회설이 나타난
건 아니었고, 처음의 고대 인도종교, 브라만교에서는
브라만 신神이 있어가지고 말하자면 하늘에 많은 신
神들이 사는데 하늘에만 사는 게 아니에요. 삼계三界
라는 게 있어요. 공계空界 지계地界 천계天界에 많은 신
神들이 있는데 각기 능력이 있어. 각기 뭐 인드라 같
은 천신天神들은 비도 내리고 이런 신神들이 있지 않
겠어요? 그러니까 거기다 대고 원하는 신神한테 가서
제사지내고 하는 것들이 그들의 삶이었는데 우파니
샤드라고 하는 시기, 그러니까 부처님이 탄생할 쯤에
오게 되면 이 사람들이 죽으면 어떻게 될까? 이 문제
를 생각한 거예요. 죽은 다음에는 어디로 가야 될 거

아니에요? 그냥 죽어버리면 허망하잖아. 죽으면 어디로 갈까? 그래서 인제 윤회설輪廻說을 만들어 낸 게 오화이도五火二道 설說이란게 이 윤회설輪廻說이 초기 우파니샤드에 등장합니다.

그러니까 이제 고대로 베다라고 하는 문헌이 수천 년 전부터 만들어진 문헌이 있는데 그 문헌 속에서 윤회설輪廻說이 처음 등장한 게 부처님 탄생하기 일이백 년 전에 나타나는 문헌들 속에 드디어 윤회설輪廻說이라는 설이 등장하는데 사람들이 죽으면 화장을 하면 화장을 할 때 연기를 타고 영혼이 하늘로 올라가서 다섯 단계를 거쳐서 다시 이 땅에 내려온다. 그래가지고 부모 태 안에 들어오게 되는데 그러니까 처음에 윤회설輪廻說은 사실은 공간을 돌아다니는 윤회설輪廻說도 아니고 세계는 하난데 하늘세계로 올라갔다가 땅으로 도로 내려온다는 건데 환생설還生說이에요.

처음 출발은 환생還生에서 출발합니다. 그런데 이제 죄를 많이 지은 사람들은 환생還生을 할 때 사람으로 못 태어나고 버러지나 동물로 태어나고 그도 저도 아닌 것들은 무주고혼이 돼가지고 아주 고통을 받으면

서 떠돌아다니는 이러한 생각을 가지고 윤회설輪廻說
이 만들어졌어요. 부처님 당시에 사람들은 그러한 세
계관에서 그러한 윤회설輪廻說을 믿고 살았던 거예요.
근데 아~ 이러한 윤회설輪廻說에 대해서 그럼 부처님
은 어떻게 생각을 하셨을까요?

여러분들의 교제 193쪽에 보면 맛지마니까야에 싸
와싸와숫다라는 경이 있어요. 이게 일체一切의 번뇌煩
惱 경이라는 거예요. 싸와라는 것은 루漏, 유루有漏 무
루無漏라고 하는 번뇌煩惱의 루漏가 있지요. 이 모든 번
뇌煩惱는 어디에서 나타나느냐. 부처님은 이렇게 말
씀하셨어요. 우리들을 괴롭히는 우리의 삶에 고통을
일으키는 번뇌煩惱는 어디에서 근거하느냐? 이것은
이치에 맞지 않는 생각을 하기 때문에 나타난다. 그
랬어요. 그러니까 지금 우리가 올바른 생각을 가지고
이치에 맞게 생각하면 우리는 사실은 괴로울 수가 없
어요. 여러분들이 지금 삶을 통해서 느끼고 있는 거
의 많은 괴로움들은 이치에 맞지 않는 생각을 하니까
나타나는 거예요.

예를 들어서 우리가 뭐, 하~ 난 내 자식 때문에, 나

는 내 남편 때문에, 내 아내 때문에 막 문제가 복잡하다고 그러잖아요. 그죠? 우리 안에 그런 게 많이 있잖아요. 근데 가만히 생각해 보세요. 왜 내가 아내 때문에 남편 때문에 괴로워야 되죠? 붙잡고 있고 내 맘대로 돼야 된다고 생각하고 내 것이라고 생각하고 있으니까 그런 거 아니에요?

잘 생각해 보세요. 내 것입니까? 그 사람 내 맘대로 해야 된다고 합니까? 전혀 아니에요. 그러니까 왜 그러냐면 삶의 주인공이 자기고 자기 삶은 자기가 만들 수밖에 없다는 사실을 모르기 때문에 나타난 일들이에요. 사실은 아까 제가 그랬죠? 세계는 누가 만든다고요? 지 세상 만들기 위해서 열심히 살면 되지 왜 남보고 너 때문이야 라고 하냐구. 이게 문제잖아요. 그죠? 그러면 다 해결 돼.

그러니까 이치에 맞는 생각, 올바른 생각. 그래서 불교 수행은 출발이 뭡니까? 팔정도八正道의 출발이 뭐에요? 정견正見. 여기서도 그렇잖아요. 자, 그러면 이치에 맞지 않는 생각. 모든 번뇌煩惱가 일어나고 있는 이치에 맞지 않는 생각을 부처님은 뭐라고 말씀하셨냐? 무지한 범부는 다음과 같이 이치에 맞지 않는 생각을 한다오. 나는 진실로 과거세에 존재했을까 존재하지 않았을까? 진실로 과거세에는 무엇이었을까? 진실로 과거세에는 어떻게 지냈을까? 나는 진실로 과거세에 무엇이 되어 무엇으로 존재 했을까? 나는 진실로 미래세에 존재하게 될까, 존재하지 않게 될까? 진실로 미래세에는 무엇이 될까? 진실로 미래세에선 어떻게 지내게 될까? 나는 진실로 미래세에 무엇이 되어 무엇으로 존재하게 될까? 이게 무언 생각이에요? 이게 윤회설輪廻說이에요.

우리는 전생에 무엇이었다가 현생에 와서 내세는 무엇이 될까? 이런 생각하고 산다면 이게 이치에 맞지 않는 생각이니까 이런 생각을 하면 고통이 생긴다. 그래서 그걸 보고 윤회輪廻의 괴로움이다. 이렇게 말하는 겁니다. 그러니까 이런 생각을 벗어나라. 이것이 윤회에서 벗어나라는 말씀이에요. 그러니까 부처님께서 말씀하신 윤회라는 것은 실제 하는 윤회를 이야기하는 게 아니라 망상妄想에서 벌어지고 있는 헛생각이 윤회죠.

지금 인도 사람들은 헛생각에서 윤회輪廻 속에 살고 있어요. 그 세계에서 벗어나도록 가르친 게 불교라고요. 그러니까 부처님 말씀 속에서 윤회라는 말이 자주 등장하겠죠? 왜 그 당시 사람들이 윤회설輪廻說을 믿고 윤회설輪廻說에 갇혀있으니까 윤회輪廻에서 벗어나라고 이야기하니까 불경 속에 윤회라는 단어가 등장합니다. 부처님이 윤회라는 말씀을 하셨으니까 윤회는 있다. 이렇게 되면 이때부터 뭐가 돼요? 이제, 본말이 전도되어버려. 부처님께서는 지금 그 윤회한다는 생각으로부터 벗어나도록 우리에게 가르치려고 윤회輪廻라는 말을 썼더니 부처님이 거짓말하시겠냐. 있으니까 윤회를 말씀하셨지. 이런 식이 되어버리면 이거는 말귀를 못 알아먹는 이야기가 되는 것이에요. 경을 잘 읽어보면 부처님이 윤회를 굳게 믿고서 윤회에서 벗어나자고 말씀하셨는지 윤회를 믿는 것, 윤회한다고 생각하는 것은 무지한 생각, 이치에 맞지 않는 생각이라고 말씀하셨잖아요.

부처님께서 그러면 말씀하시는 세계, 어떤 세곈가요? 이 쌍윳따니까야에 로히따라는 경이 있습니다. 한쪽에선 로이따싸 천자가 세존께 이렇게 말씀드렸습니다. 세존이시여, 태어나지 않고 늙지 않고 죽지 않고 옮겨가지 않고 다시 태어나지 않는 세간의 끝을 걸어가서 알고, 보고 도달할 수 있을까요? 이게 무슨 말이죠? 태어나지 않고 늙지 않고 죽지 않고 옮겨가지 않고 다시 태어나지 않는다는 말은 뭐이냐면 윤회輪廻가 없는 이런 뜻이에요. 그러니까 인도 사람들이 아까 오화이도五火二道 설설을 이야기했죠?

거기서는 뭐이냐면 브라만 천天이라는 세계가 있어. 이 브라만 천天은 윤회輪廻가 없는 세상입니다. 여기는 다시 태어나지도 않고 옮겨가지 않아요. 그런데 브라만 천天에 이르지 못한 사람들은 전부 윤회輪廻를 해야 되겠죠? 그러면 그때 브라만 천天은 뭐이냐면 윤회輪廻하는 것이 세간世間이에요. 로까, 이 인도사람들이 말하는 세간世間. 세계라는 개념은 지금 우리가 알고 있는 이 세상의 모든 존재를 의미하는 것이 아닙니다. 그러니까 인제 에~ 베다에 보면 세간世間. 우리가 보고 있는 세상에 있는 모든 존재는 브라만이에요. 브라만의 1/4밖에 안돼. 3/4은 세간 밖에가 있는 세상이에요. 그러니까 우리하고 그들이 생각했던 세계관이 틀려요. 마치 지금 우리가 알고 있는 세계하고 아인슈타인이 이야기하는 세계가 틀리듯이, 그러나 똑같이 우린 그걸 세계라는 말을 쓰고 아인슈타인이 공간이라는 말을 쓰고 우리가 공간이라는 말을 쓸 때 똑같은 공간이죠? 말은 그러지만 의미하는 바는 같습니까, 틀립니까? 틀린 거예요. 그래서 언어의 착란을 일으키면 안 됩니다.

다시 말해서 인도에서 나온 문헌들, 이 문헌들에서 나오는 말을 지금 우리가 알고 있는 의미로 해석해 버리면 안 된다는 이야기에요. 세상이라는 말이 나오니까 지금 우리가 알고 있는 세상으로 그때 이야기하고 있는 부처님이 말씀하시는 또는 그때 인도 책, 서적에 나오는 세상을 이해해서는 안 되겠죠? 그때는 어떤 생각을 가지고 이런 생각을 했을까를 알고 그 의미로 읽어내야 된단 말씀이죠.

그러니까 지금 여기서 로이따싸가 묻는 것이 뭐이냐면 세상의 끝을 가보고 싶다는 거예요. 세상의 끝을 가보고 싶다는 말은 다르게 말하면 윤회輪廻를 벗어나고 싶다는 말이에요 이게 지금. 그러니까 세간의 끝이라는 말은 윤회輪廻를 벗어난 곳이라는 뜻입니다. 불교적으로 말하면 괴로움이 끝나는 곳이에요. 세간이 괴로움이니까 세간을 벗어난다는 것. 세간의 끝이라는 것은 괴로움이 끝나는 지점을 이야기하는 것입니다.

지금 이 로이따싸가 부처님한테 와가지고 세간의 끝을 걸어가서 걸어간다는 것은 뭐죠? 공간이동을 통해서에요. 공간을 이동해서 우리가 도달할 수 있을까요? 그건 뭐이냐면 그 당시 인도 사람들이 생각했던 세계관이에요. 우리가 살고 있는 이 세간은 전 존재에 말하자면 브라만의 1/4밖에 안됩니다. 1/4밖에 안 되는 이 세상을 벗어나기만 하면 뭐가 된다고? 인제는 세간처럼 윤회輪廻를 안 하고 영혼이 살 수 있는 세계가 나온다. 괴로움이 없는 세계가 있다. 그 세계를 가기 위해서는 우파니샤드 진리를 알고 베다에 충실해서 제사를 잘 모시고 이렇게 해야 된다고 가르쳤던 가르침이 있어요.

그러니까 결국은 공간을 우리가 이동해 간다는 생각을 하는 겁니다. 부처님께서 존자여, 태어나지 않고 늙지 않고 죽지 않고 옮겨가지 않고 다시 태어나지 않는 세간의 끝을 걸어가서 알고 보고 도달할 수는 없다고 나는 말한다오. 그러니까 걸어서는 못 간다. 공간, 아무리 이 세간世間을 벗어나려고 해봐야 걸

164

어서는 이 세간世間을 벗어날 수 없다는 말처럼 들리죠? 그러니까 로이따싸가 그랬습니다.

놀랍습니다. 세존이시여, 경이롭습니다. 세존이시여, 참으로 잘 말씀하셨습니다. 저는 옛날에 로이따싸라고 하는 선인이었는데 보오자의 아들로서 하늘을 걸어 다니는 신통력이 있었습니다. 세존이시여 저는 훈련받아 능숙하게 숙련된 솜씨 좋은 궁사가 쏜 화살처럼 날래고 빨랐습니다. 저는 한 걸음에 동해에서 서해로 가로질러 갔습니다. 세존이시여 그때 저에게 나는 걸어서 세간의 끝에 도달해야겠다, 라는 욕망이 생겼습니다. 세존이시여 제가 이와 같은 빠르기를 가지고 이와 같은 발걸음으로 음식을 먹고 마시고 대소변을 보고 잠자고 지칠 때를 제외하고 100년을 살면서 100살까지 100년을 걸어갔지만 세상의 끝에 도달하지 못하고 도중에 죽었습니다.

그러니까 화살보다 빨리 한걸음에 동해에서 서해까지 걷는 편이니까 그것도 대한민국 동해 서해가 아니에요. 근데 이~ 인도의 세계관에서 보면 수미산을 중심으로 해서 사대주가 벌어져 있죠? 거기에 인제 그 수미산을 중심으로 해서 사방의 바다를 보고 동서남

북, 그래서 동해 서해 남해 북해 그럽니다. 우리나라 동서남북해의 바다이름이 다 거기서 나온 거예요. 그 냥 단순히 동쪽에 있으니까 동해 그랬겠어요? 사실 은 우리나라를 세계 수미산의 중심으로 보고 남쪽에 있고 동쪽에 있고 이러니까 이름을 그렇게 붙인 거예 요. 사실은, 그러니까 사해四海라는 말이 나오잖아요. 그래서 우리는 뭐 사해四海 동포여러분 그러지 않습 니까. 이것은 온 세상을 의미하는 거예요. 그러니까 한 세상을 이 인도의 세계관에서 보면 사실은 수미산 을 중심으로 하고 있는 세계는 일부에 지나지 않아 요. 세계에.

그러니까 그렇게 큰 세상을 단 걸음에 건너뛰는 발 걸음을 가지고 화살보다 빠른 속도로 100년 동안을 가 봐도 끝이 안 나오더라는 거예요. 그러다 결국 죽 어가지고 지금 천신이 되어가지고 오늘 나타났습니 다. 이렇게 이야기 하는 거예요. 이 이야기는 실제로 천신이 와가지고 부처님한테 한 이야기라기보다는 지금 부처님께서 하려고 하는 말씀의 의미는 뭐겠어 요? 그런 사람도, 그런 천신도 걸어서 공간으로 가는 세계가 아냐, 우리가 극복해야 될 고통의 세계, 윤회 輪廻의 세계는 다른 데 있다. 그 이야기를 하려고 하는 거예요.

　그러니까 이제 존자여 나는 세간世間의 끝에 가서 괴로움을 종식할 수 있다고 말하지 않는다오. 끝에 가서 이때 이제 걸어가 가지고 그 대신 나는 의식이 있고 생각이 있는 한 길 몸속에 있는 세간世間과 세간世間의 집集과 세간世間의 멸滅에 이르는 길을 알려준다오. 이게 사성제四聖諦에요. 그러니까 고집멸도苦集滅道 사성제四聖諦는 단순하게 고집멸도苦集滅道 네 자의 글자가 아니라 바로 세간世間의 괴로움, 이게 고苦, 이게 세간世間의 괴로움이에요. 그리고 이 괴로움이 뭐이고 괴로움이 사라지고 그 괴로움을 없애는 길이 있다는 거예요.

　그러니까 이제 세간世間을 벗어나려며는 마음 밖으로 돌아다녀야 되겠어요? 마음 안에서 찾아야 되겠어요. 그렇습니다. 그러니까 불교 공부는 부처님 당시부터 불교는 마음공부고 일체一切는 유심조唯心造다. 하는 이야기를 부처님이 하고 계시는 겁니다. 화엄경에 나온 이야기가 아니에요. 일체유심조一切唯心造 이야기는 이미 초기경전에서 부처님이 이렇게 말씀하셨어요. 그리고 나서 게송이 읊어집니다. 걸어서는 결코 세간世間의 끝에 도달할 수 없지만 세간의 끝에 도달하지 않으면 괴로움에서 벗어날 수 없다네.

그러면 공간적으로 세간世間의 끝이 없다면 결국 우리는 괴로움에서 벗어날 수 없다는 이야기가 되겠죠? 근데 지금 부처님께서는 세간의 끝에 도달하지 않으면 괴로움을 벗어날 수 없는데 그 세간이 어디에 있는 세간世間이라구요? 자기 안에 있는 세간世間이니까, 그 세간世間의 끝을 우리가 가야 되겠죠? 이게 사성제四聖諦에요.

그러므로 진실로 세간을 아는 세간世間의 끝에 도달하여 범행梵行(해탈을 목적으로 하는 수행)을 마친 범행梵行이라는 것은 인도 사람들이 옛날에 수행이라는 거 있었죠? 무얼, 그 사람들은 왜 인도에는 다른 문화권과는 좀 다르게, 다른 문화권에서는 그냥 도덕적으로 선행이 있습니다. 선행. 착한 일 뭐 이런 게 있죠? 근데 인도에서는 뭐가 있냐면 수행을 통해 가지고 해탈하는 수행이 있어요. 그죠? 다른 문화에는 해탈하기 위한 수행은 없죠? 뭐 유교를 믿으면 뭐 해탈해서 가는 길이 있습니까? 거기는 도덕군자 되자고 그래요. 유교는 공부해 가지고 뭐하냐고 하냐며는 인격적으로 훌륭한 인간되려고 하는 거죠. 근데 인도에서는 공부하는 목적이 어디 있냐며는 생사를 벗어나서 해탈하는데 있다니까요. 불교도 해탈을 목적으로 하지 않습니까?

그런 해탈을 목적으로 하는 행위를 범행梵行이라 그래요. 브라만짜리아라고 하는데 왜 범행梵行이라고 하느냐면 브라만 천川이 생사가 없는 생사를 초월한 세계죠? 그 브라만 세계에 간 길이란 뜻이에요. 짜리아 라는 것은 길이다. 또는 실천이다, 행동이다. 이런 뜻이에요. 그래서 범행梵行이라고 번역한 것은 브라만짜리아를 번역했고 부처님께서도 그 말씀을 그대로 써가지고 청정한 범행梵行을 닦는다. 이렇게 말했어요.

그런데 이제 이때 브라만교에서 말하는 범행梵行은 뭐냐 하면 첫 째는 신神에게 제사를 잘 지내는 거예요. 제사를 안지내면 이건 공덕을 쌓지 못해 그래서 도저히 신계神界에 갈 수가 없어요. 그 다음에는 우파니샤드의 진리에 터득해야 돼. 그래서 인제 명상을 해가지고 우파니샤드의 진리를 터득하게 되면 죽은 다음에 다시 이 세상에 내려오지 않고 이 세상을 벗어나서 범천梵天으로 가버려요. 이런걸 보고 범행梵行이라 그랬어요. 부처님께서는 그건 진정한 범행梵行이 아니라는 거야. 왜? 공간이동해서 가는 게 아니니까.

　그럼 불교 범행梵行은 뭐냐? 이게 바로 인제 사념처四念處 수행을 하고 우리 마음을 잘 닦아서 무지로부터 깨닫는 행위를 범행梵行이라고 불렀던 거예요. 그러니까 범행梵行을 마친 세간世間의 끝에서 평온을 얻은 현자는 이 세간도 저 세간世間도 바라지 않는 다네. 그러니까 인제 이 세간에서 저 세간으로 간다. 뭐 이런 것 바라지 않는다는 것은 뭐죠? 우리는 전부 죽을 다음 세상을 걱정하고 살죠? 죽으면 어떻게 될까? 죽으면 좋은데 간다던지 죽기 전에 좋은데 가고 싶은 생각. 이게 전부가 다 무지에서 비롯된 아집에서 등장하는 거예요. 그래서 이제 그걸 버리고 난 성자들은 세간世間을 올바로 아는 성자들은 이 세간世間도 저 세간世間도 바라지 않는다. 이걸 이제 열반涅槃이라고 불러요.
　바로 이렇게 부처님께서는, 지금 아까 세간은 어디라고 그랬죠? 나는 의식이 있고 생각이 있는 한 길 몸

속에 있는 세간世間을 이야기했죠? 그러니까 우리들의 삶 속에서 우리가 무지에 의해서 고통스러운 세간을 벌려놓고 있어요. 그럼 이 세간을 어떤 식으로 벌려놓을까요? 존재론에서 바로 그 이야기를 하는 거예요. 우리 앞에는 분명히 괴로운 세상이 있죠? 여러분들 마음이 괴로우면 괴로운 세상 아닙니까? 그러니까 여기 한 공간에 앉아 있어도 여기서 지금 괴로움을 느끼며는 여기는 괴로운 곳이에요. 여기서 지금 즐거움을 느끼면 그 사람은 즐거운 곳이에요. 그렇습니까, 안 그렇습니까? 그러니까 이런 게 세간이에요. 세간世間이 어디가 있어요? 지금 지 한 길 몸, 그 몸도 어떤 몸? 죽은 몸속에는 없어, 의식 있고 생각 있는 살아있는 한 길 몸속이라고 부처님이 탁 말씀 하셨잖아요. 여기, 그죠? 얼마나 자상하게 말씀하셨어요.

그냥 몸속에 뭐 이 하나가 들어있다는 게 아니라 의식 있고 생각을 가지고 살아있는 우리들 삶 속에 세간世間이 벌어진다. 이런 이야기를 하고 계시는 겁니다. 더 구체적으로 부처님께서는 쌍윳따니까야라고 하는 로까라는 경을 보면 197쪽에 있습니다. 세간은 어디에서 생겼나요? 이제 누가 와서 물었어요. 이 또

171

천신天神이 와서 묻습니다. 여기서도 이런 경들이, 세간은 어디에서 생겼나요? 어디에서 교제를 하나요? 무엇이 세간을 붙들고 있나요? 세간은 어디에서 고난을 겪나요. 세간은 여섯에서 생겨났다네. 여섯에서 교제를 한다네, 세간世間 여섯이 세간世間을 붙들고 있다네. 세간世間은 여섯에서 고난을 겪는다네. 여섯이 뭐에요? 육입처六入處에요. 안이비설신의眼耳鼻舌身義 있죠? 안이비설신의眼耳鼻舌身義.

그런데 지금 우리 불교를 공부하시는 분들이 육입처六入處를 육근六根이라고 알고 있어. 불교적으로 보면 육입처六入處하고 육근六根이라는 말하고 육입처六入處라는 말이 나옵니다. 그런데 육근六根하고 육입처六入處는 말은 전혀 다른 말이에요. 말하자면 의미가 달라요. 사람들이 전부 육근六根과 육입처六入處를 같은 의미로 이해하고 있어 구분을 잘 못해요. 근데 왜 이 구분이 안 되냐 하며는 아~ 불경에는 분명하게 구분되어서 사용되는데 어떤 차이가 있는지를 일반 사람들이 쉽게 이해할 수가 없어요. 그래서 부처님께서 열반하신지 세월이 흘러가니까 부처님 말씀 자체가 참 어려웠어요.

여러분들이 인제 불경을 읽어보시면 어떤 분들은 그래요, 대승경전은 심오하고 어렵지만 초기, 부처님 초기 경전은 아주 쉬울 거라고 생각을 해요. 그래 가지고 시시하다고 생각하는 사람도 있어요. 시시해서 아예 안 보시는 분들이 많아. 대승경전은 심오하니까 대승경전만 보면 되지 소승경전이라고 또 해버려요. 초기경전은 소승경전이 아닙니다. 본래 부처님 말씀이에요. 이게 대승경전은 그 말씀을 가지고 다시 해석해서 만들은 경전이지 그 자체는 부처님 말씀이 아니에요. 우리가 알고 있는 반야심경도 그렇고 화엄경도 그렇고 금강경도 그렇고 대부분의 모든 대승경전은 부처님이 직접 하신 말씀은 아니고 우리가 아암경, 니까야, 이렇게 부르는 초기경전들이 부처님이 직접 하신 말씀입니다.

근데 사실은 제가 인제 불교를 전공했기 때문에 저는 대승경전은 그런대로 보면 은유고 비유기 때문에 무슨 뜻인지 짐작이라도 하겠는데 초기경전을 읽으면서 너무 놀랬어요. 도대체 무슨 말을 하고 있는지, 뭐 암호도 아니고 알 수가 없는 거예요. 그만큼 심오합니다. 그런데 그 이야기를 사람들이 이해가 잘 안되니까 아비달마불교시대 때 부처님 열반한지 삼백

년쯤 지나서 이제 이 말에다가 주석을 붙이고 이 부처님의 말씀을 가지고 다시 사상적思想的으로 정리하는 문서들이 나타났습니다.

이게 우리가 말하는 논서에요. 논서. 아비달마 논서라고 그러죠? 근데 이 논서 에서 아주 간단하게 처리해 버렸어요. 다시 말해서 육입처六入處는 육근六根이다. 이렇게 등식화를 시켜버렸어. 똑같은 말이다. 이런 식으로 해석을 해버리니까 지금 우리들은 전부 이제 아비달마불교가 해석을 잘했으리라고 믿고 그대로 부처님 말씀을 받아들였던 겁니다. 그 경전을, 초기경전을 그 시각으로 읽었던 것이에요. 저는 이제 불교를 초기경전을 연구하다 보니까 거기에서 굉장히 많은 오해가 있었구나. 이런 지점들을 우리가 잘 분별을 해야만 부처님의 말씀이 제대로 해석이 되겠구나. 저는 그래서 지금까지 그 작업을 해왔어요.

그렇기 때문에 많은 분들이 그건 니 생각 아니냐? 옛날에 아비달마 훌륭한 스님들이 다 해 논걸 왜? 니가, 그걸 니 멋대로 부정을 하느냐? 이런 시각을 보여요. 그런데 제가 볼 때는 아니기 때문에, 그리고 그렇게 해석해서는 도저히 안 되기 때문에, 근데 여기서 보며는 뭐라고 했어요? 세간世間은 어디서 생겼냐 하니까 육근六根에서 생겼단 이야길 하는 게 아니라 육입처六入處에서 생겼다는 거예요. 부처님께서 근데 아무튼 이제 어떻게 하든 불교의 연기설緣起說에선 육입처六入處에서 세상이 드러나는 구조를 이야기해도 되는 거예요.

여기에서, 어떻게 해서 육입처六入處란 그럼 뭐냐? 우리들이 살아가면서 우리는 보고 듣고 냄새 맡고 맛보고 만지고 생각할 때 그 안에 보는 놈이 있다는 생각을 하고 있어요. 그렇죠? 그리고 여러분들의 육근六根이라는 것은 뭐이냐면 순수한 지각활동知覺活動이에요. 육근六根의 순수한 지각활동知覺活動은 부처님이 돼도 사라질 수가 없어요. 부처님이라고 해서 뭘 못보고 못들을 순 없겠죠? 그런데 이제 중생들은 그런데 육근六根으로서 지각을, 육근六根의 상태에서 온전하게 하는 게 아니라 육입처六入處에서 하고 있어요. 그 말은 무엇이냐면 여러분들은 무엇을 보거나 듣는 모든 것들이 자기라는 생각을 가지고 대상을 보는데 그 대상을 항상 자기의 관심이나 욕망이 있는 것만 봐요.

그래서 부처님께서는 안眼과 색色을 우리가 눈으로 색色을 본다. 그러죠? 이 사이를 서로 결박된 상태라고 봐요. 결박을 끊어야 되는데 눈眼하고 바깥에 있는 색色을 묶고 있다는 거예요. 어떻게 생각해 버리면 육근六根하고 육경六境을 이야기 해버리며는 눈眼하고 내가 보는 컵色하고 무엇이 이걸 묶고 있어요? 이런 이야길 하는 게 아니에요. 그래서 인제 결법結法과 결속結束의 법법法이라고 하는 이야기가 나오는데 눈으로 색色을 본다는 것이 무엇이냐며는 여러분들이 뭘 볼려고 하며는 욕망에 의해서 이게 묶여있는 상태라는 거예요. 이게 마치…….

제자가 물었어요. 그러면 안眼과 색色이 서로 묶여있다고 하니 눈이 색色을 묶고 있습니까? 색色이 눈을 묶고 있습니까? 이렇게 물었어요. 그러니까 인제 비유를 들었어요. 흰 소와 검은 소의 가운데 밧줄이 하나 묶여있다고 가정을 해요. 그러며는 두 소가 서로 묶여있죠? 근데 누가 묶고 있어요? 흰 소가 검은 소를 묶고 있습니까? 검은 소 가 흰 소를 묶고 있습니까? 가운데 밧줄이 묶고 있죠? 그러니까 여기서 벗어나려면 흰 소를 죽이거나 검은 소를 죽이는 게, 그래서는 안 되겠죠? 뭘 하면 돼? 밧줄을 끊으면 돼. 그래야 되겠죠? 지금 우리가 육입처六入處를 육입처六入處와 외육입처外六入處, 두 관계를 이야기 하고 있는 거예요. 그래서 우리가 욕망을 끊으면 육입六入이 사라진다. 이렇게 되는 거예요. 무슨 이야긴지 아시겠어요?

그러니까 무명無明이 사라지면 행行 신身 명明 색色 육입六入이 사라진다. 이렇게 되죠. 12연기十二緣起에 보면 교리 상에 그렇게 되지 않습니까? 그 육입六入을 이야기하는 것이지 육근六根을 이야기하자는 게 아니에요. 근데 이것하고 그걸 동일시 해버리니까 무명無明이 사라지면 육근六根이 사라져야 되는 형국이 되는 거예요. 육근六根이 육입六入이라면 그러면 어떻게 돼요? 우리가 불교공부 하면 어떻게 되겠어? 또 여러분들이 반야심경에 보시게 되면 공중무색空中無色 무수상행식無受想行識 무안이비설신의無眼耳鼻舌身議 무색성향미촉법無色聲香味觸法 있죠? 거기서 눈 귀 코 혀 이렇게 막 우리가 인제 하잖아요. 안이비설신의眼耳鼻舌身議니까 그러면 공空가운데는 눈도 없고 귀도 없고 코도 없다. 그러면 이게 뭐 말이 되는 이야기에요? 그

심오한 이야기에요? 그 말도 안 되는 이야기에요.

그건 안이비설신의眼耳鼻舌身義가 없다는 것은 공성空性을 깨닫고 살아가는 삶 속에서는, 볼 때 보는 놈이라는 생각 들을 때 듣는 놈이라는 생각, 보이는 사물이라는 생각, 이런 분별이 사라진다. 이 말씀이에요. 그러니까 반야심경般若心經 이야기는 지금 육근六根과 육입六入을 동일시 해버리며는 도대체 이해가 안 되는 경이에요. 그러니까 우리는 지금 부처님의 말씀의 본뜻을 이해를 못하기 때문에 경들이 어려워져있지 기초적으로 기본개념을 잘 이해하고 존재론적인 구조를 잘 이해하게 되면 이제 여러분들이 어떤 경들을 읽어도 조금도 막힘이 없고 그 경전 속에서 정말 감탄을 하고 하~ 이런 것이구나, 확인을 하고 여러분들의 삶이 거기에 맞추어져서 새로운 삶의 길을 찾아낼 수가 있는 것입니다.

그래서 이제 이러한 육입六入, 보고 듣고 냄새 맡고 맛보고 만지고 생각하는데 그 안에 나라는 생각을 중심으로 해서 내가 보고 내가 듣고 내가 느끼고 한다고 생각하죠? 이 생각으로 사니까 중생들의 괴로운 세계가 거기서부터 벌어져요. 여기서 말하는 세간世

間이라는 것은 고통스러운 세간世間입니다. 그러니까 결국은 뭐이죠? 이 세간世間의 끝에 가서 세간世間을 벗어나야 될 세간世間이죠. 그 한계를 잘 알고 불교를 공부해야 돼요. 여기서 말하는 존재론이라는 것도 객관적 어떤 존재 사실을 이야기하는 게 아니라 우리 중생들에게 나타나 있는 괴로운 현실들이 어떤 식으로 나타나는가? 이걸 우린 어떡해서 벗어날 수 있는가? 이런 관점에서 존재론이 이야기되고 있는 것입니다.

그래서 사실은 한 길 몸속에 있는 세간世間이라는 것은 뭣이냐 하면 우리 몸 안에 우리가 눈 귀 코 혀 몸 생각을 다 우리 몸 안에 갖추고 있죠? 그러니까 이런 지각구조를 가지고 보고 듣고 냄새 맡고 맛보고 만지고 생각하면서 우리들이 벌려놓은 세상. 부처님은 그 세계에 대해서 지금 이야기하고 있고, 그 세계가 왜곡되고 잘못돼 가지고 고통스러우니까 이걸 세간世間이라고 부르고 그 세간世間으로부터 그 고통스러운 세간世間이 어떻게 모이고 만들어지고 어떻게 하면 사라지고 이것을 없애는 올바른 길이 무엇인가에 대해서 부처님은 말씀하신다. 이런 말씀이에요.

아시겠죠?

에~ 그러니까 이제 불교를 잘 공부하면 내안에서 일어나고 있는 고통의 뿌리 구조 이런 것도 스스로 볼 수가 있고 스스로 봐야 스스로 없앨 수가 있겠죠? 남이 안 없애 줍니다. 여러분들한테 있는 괴로움 누가 대신해 줄 수가 없어 우리는 스스로가 그 괴로움을 발견해서 뿌리를 보고 뿌리를 캐내야 돼. 이게 불교 공붑니다.

해설

세상 목숨이라는 허공의 길

이민숙(시인)

세상 목숨이라는 허공의 길

이민숙(시인)

마음의 봉화요, 마음의 꽃씨요, 마음의 계곡물인 시가 시인을 찾아온다. 언뜻 보면 시는 시인이 쓴 것 아닌가? 싶다가도, 찾아오는 시가 아니라면 어찌 단 한 마디라도 이 광활한 백지를 향하여 포효할 수 있으리오 라고 마침표를 찍는다. 가장 나직한 포효인 언어가 시다. 그 시에는 삼라만상이 똬리를 틀고 있다. 한 존재의 마음 속이 그렇다는 뜻일 테다. 세상을 향해 우렁찬 울음을 터트리는 순간, 그 울음의 색채 그 울음의 음조 그 울음의 촉수는 이미 세상을 살아보기도 전에 그 영혼을 다잡고 수없는 전생을 채워왔을 것이라고 예언했다. 그 예언의 주인이 누구인들 그건 중요하지 않다. 예언으로부터 울음의 만화방창이 피어나 한 빛의 알 수 없는 길은 먼먼 생의 끄트머리를 향하기 시작했을 것이니 말이다. 그리하여 다시 한가운데다. 우리의 걸음은 시작도 끝도 선택하거나 결정된 것이 없이 지금 발 딛고 있는 허공의 한 점, 오로지

이 가을을 태우려는 듯 붉게 타오르는 꽃무릇의 의지, 피어남!

시에 대하여 뭔가 쓸 일이 있으려니 하고 원고를 받아든 날, 온몸을 훑는 기침 때문에 한 페이지를 넘기기가 힘들었다. 한여름의 뜨거움을 기침으로 저당 잡히고 나서 이제 조석으로 조금은 서늘한 바람이 몸을 위로하는 듯 가끔씩 약 기운을 못 이겨 졸음이 오는 것 빼고는 견딜 만했다. 삶의 기운이여! 몸의 처량이여!

아기의 세계, 어린이의 세계, 소년의 세계,…… 중년의 세계, 노년의 세계, 말년의 세계, 세계의 경계를 넘어설 때마다 변화되는 각각의 세간世間에 따른 고통과 괴로움은 축적되어 삶의 회의가 찾아온다.
  ─「아상我想」 부분

아기는 태어남을 통해 무엇을 알 수 있는가? '이게 뭐야?' 아기는 왕성한 호기심으로 존재물을 가리키며 호기심을 발생시킨다. 그때의 '소통 방식은 가히 주관적'이다. 아기가 소유하는 사물을 따라 세상은 '나'의 주변에서 '주관(아상)'을 형성시킨다. 그 시초의 감정, 고통과 괴로움! 괴로움의 원천은 무엇인가? 시인은 설파한다. '내가 누군지 알 수 없다는 것' '이 뭣꼬' 세상은 하나가 아니다. 무궁무진한 질문 속으로 떠내려가는 생명의 길…… 그러니 어쩔 것인가?

살아보니 알겠다. 이 지구상의 그 어떤 것도 내 존재를 책임질 수 없다는 것을. 내 생명을 우주에 씨 뿌려준 부모님, 내 지식의 촌철살인을 일으켜 세우기 위한 명맥을 이어준 스승님, 삶의 아름다움과 진실과 선함의 기억들을 위하여 전 생애를 바쳐 인류에게 자산을 남겨준 고전 속의 성현들. 지금까지 노심초사하며 쓰고자 했던 내 옹졸한 시의 한 구절도 진정한 내 자아의 과학적 발명품은 아니었다 무릇! 그 모든 것을 업고 견뎌온 내 생의 전체를 펼쳐놓은들 어찌 '이것이다!' 라고 밝혀 보일 수 있으랴. 그렇다면 대체 아상我想은 무엇이며 어디로부터 온 것인가? 나에게 화두는 있었는가?

자연에는 생명이 있고
생명에는 세상이 있다

자연에는 존재하는 것들이 있고
생명에도 존재하는 것들이 있다

태어나서 죽음에 이르는 생명의 유효기간은
보고 듣고 냄새 맡고 맛보고 느끼고 생각하는 기간이다

생명은 생명을 먹고 몸뚱어리 키우고
몸뚱어리는 생명을 태운 열로 생명을 유지한다

생명의 유효기간이 삶이고
한 덩어리 생명이 삶의 시스템이다

생명의 유효기간에 세상이 있고
생명이 죽으면 세상도 죽는다

아상我想은 체험하며 분별하고 생각하여
개념으로 이론을 세워 대립하는 시스템이다

눈에 보이는 모든 것들은 존재이다
존재의 형상을 이해하는 데는 명사가 필요하다

모두에게 약속된 명사를 알아야
너와 나의 소통이 이루어진다

객관적인 명사는 아상我想에 축적되어
아상我想의 주관적인 세계가 확장된다

외향을 지향하는 것은 형상 있는 명사의 세계이다
욕심은 명사의 세계에서 일어나 고통과 괴로움이 축
적된다

내향을 지향하는 것은 동사의 세계이다
동사의 세계는 형상이 없어 고통과 괴로움이 없다

부처님께서 말씀하셨다
오온五蘊(색수상행식色受想行識)을 취한 오취온五取蘊이
괴로움이다

색수상행식色受想行識의 세간世間 중생세계가
외향外向을 지향하는 명사名詞의 세계이다

내향을 지향하며 동사를 통찰하는 것이 수행이다
내면 깊숙이 들어갈수록 깨달음이 축적되어 열반(해
탈)에 이른다

깨달음을 보라
싫고 좋고, 선하고 악하고, 옳고 그르고, 있고 없고가 없다

내면內面으로 가는 중도中道의 길을 찾아라

중도中道의 길에 깨달음이 있고 평화가 있고 행복(열반)이 있다"

    ─「저것을 보라」전문

  시어들의 발화는 거의 모두가 부처님과 시인과 시인의 스승 사이에서 오랜 시간의 인연이 들끓으며 뜨겁게 때로는 고요히, 세상의 이치를 꿰뚫고자 숙성시킨 과정이 단편적으로 엮여져 쏟아진다. 단호한 결단이 아니라면 내뱉을 수 없는 한 행 한 행을 따라가다 보니, 새롭게 해설이랍시고 곁들일 문장의 이파리는 솟아나지 않을 수도 있다고 생각된다. 은유도 상징도 활어의 출렁거림도 생략된 시의 고요한 세계라고 해야 할까, 그러므로 그저 따라가면 되는 건조한 가을산 산길의 호젓함이기도 하다. 단풍도 들어있을 법하다만, 눈에 띄어 감탄사를 남발할 처지도 아니다. 생이 깨달아질 수 있다면 그 가운데에 놓인 한 순간, 그 하루는 언제 오는 걸까…… 하는 것만이 필자를 붙드는 호기심이다.

  소년시절 우리 골목의 한 집에서 초상이 났다. 초상집 대문 왼편에는 창호지로 둥글게 입혀 한자로 근조라

고 적힌 조등이 걸려있었고, 아래에는 하얀 쌀밥의 사
자 밥과 짚신이 놓여 있었다. 조등弔燈 속 촛불의 불빛
은 불그스레한 빛에 젖어 문전을 밝히고 있었다. 초상
집에서는 많은 사람들의 울음소리와 곡소리가 들리고,
굴건에 삼베옷 입고 대나무 지팡이 짚고 슬픔에 잠겨있
는 상주의 모습과 향 타는 냄새가 흘러나왔다. 죽음에
대한 무의식이 깨어난 것인지 두려움이 몰려와 공포에
젖은 무서움이 온몸을 압박했었다.

죽음을 인식한 후 세월에 희석되었던 죽음의 의식이
되살아나고 죽음이라는 화두는 내면에 정착하여 떠나
지 않았다. 죽음이란 것이 무엇일까. 궁금증이 발발하
면서부터 나의 아상我想에 대한 자아성찰自我省察이 시작
되었다. 평화롭고 행복하지 못한 가정환경으로 하여 고
통과 괴로움의 불안한 마음이 지속되던 어느 날, 죽음
의 실체도 알지 못한 가운데 막연히 죽고 싶다는 생각
을 하였다. 죽음의 화두를 안고 아상我想의 내면內面을
성찰省察하는 세월을 보내며 종교에서 사람이 죽으면
영혼이 몸 밖으로 나와 허공을 떠돈다 하였다. 영혼은
천당과 지옥중의 한 곳으로 하나님의 심판을 받고 간다
고 하였다. 불교에서는 극락과 지옥을 염라대왕의 심판
으로 간다고 하였다.

극락, 천당, 지옥은 미루어 알겠는데 영혼이 무엇이

지 하는 궁금증은 풀리지 않았다. 죽음과 영혼의 두 가
지 화두가 번갈아 가며 얼굴을 내밀었다. 내면內面을 지
향志向하는 자아성찰自我省察의 모든 행위가 수양이라는
것을 당시에는 몰랐었다. 수십 년의 세월이 흐른 후 죽
음과 영혼의 화두가 깨지며 머리카락이 쭈뼛 솟구치고
온몸은 전율이 흐르며 소름이 돋아나고 형언할 수 없는
희열이 일어났다. 잠시 후 희열이 진정되자 죽음이 따
뜻하고 포근한 고향집 같다는 느낌이 온몸을 감싸고 마
음은 평화로웠다.

    —「자아성찰自我省察」 전문

  '죽음'을 인식하는 과정은, 더러 시적 은유로서나
개인 삶의 통증이나 세상의 핏빛 전쟁통이나 그 외
존재를 영위하는 현상들의 가장 첨예한 사태로나 접
하는 일일 것 같다. 그럼에도 불구하고, '죽음'이라는
화두가 어찌 이렇듯 솔직담백하게 술술 펼쳐질 수 있
을까. 다만 시인에게는 잊혀지지 않는 '성찰'의 귀한
순간이었던 것만은 분명해 보인다. 어린 시절의 단적
인 경험과 성장 과정에서의 흙빛 기억도 죽음이 아니
라면 주어지지 않는 '성찰'이라는 명제가 이렇듯 생
의 한가운데를 강타할 수 있다는 점, 이 시집을 관통
하는 굵은 통나무적 사유가 아닌가 싶다. 통나무는

남아 어떤 잉걸불이 되었다는 걸까, 그 점을 상상하는 것도 무척 흥미롭다.

　불교에서 공空은 비어있음을 의미하는 것이 아니다. 모든 존재물은 공간의 일부를 점유하고 있다가 사라졌을 때 공空의 모습으로 돌아온 것을 의미한다. 명사로 이름 지어진 모든 존재물이나 이름이 없는 존재물에도 공空의 연기緣起는 적용된다. 내가 공간을 차지하고 있다가 명命을 다하여 죽음에 이르면 차지하고 있던 공간이 제 모습으로 돌아온다. 모든 자연물이나 건축물 또한 이와 같다. 자아自我를 성찰하며 주관덩어리인 내가 궁극窮極에는 사라진다는 것을 알게 된다. 세간世間에 태어나기 전의 나는 없었고 공空을 차지하고 있지도 않았다. 죽음 이후에도 차지하고 있던 공空은 다시 제 모습의 공空이 되어 세간世間에 나라는 존재는 없다. 생겨나고 사라지는 것이 자연의 섭리이다. 사람들은 영원히 살고 싶어 하는 욕심으로 저세상에 가서 계속 살고 싶어 한다. 그 욕심이 저세상을 만들고 극락과 지옥을 만들고 윤회를 만들어 이를 굳게 믿으며 상견常見에 빠진 사람이 있는가 하면 한 번 죽으면 그것으로 끝난다는 단견斷見에 있는 사람도 있다.

　무아無我도 내가 없다는 의미가 아니다. 공간空間을 차지하고 살아있는 존재물存在物이지만 눈감으면 세간世間

은 사라지고 눈뜨면 세간世間은 드러난다. 이것이 무아
無我이다. 하여 눈감으면 공空이고 눈뜨면 공空의 존재
물이 나我이다. 아상我想의 색色을 멸滅하면 나라는 생각
이 멸滅한 것이 무아無我이다. 그것이 마음에 가득 찬 욕
심을 비워낸 텅 빈 마음의 공간이 되는 것을 무아無我라
한다. 하여 세간世間의 세계에서 구축된 공空의 세계가
펼쳐진다.

   따라서 아상我相을 벗은 무아無我는 세간世間의 모든
것을 무심하게 관조觀照하며 명상수행을 이어간다. 이
것을 불교에서는 중도中道라고 한다. 해탈(열반)에 이르
는 길을 안내하는 것이 중도中道라는 것을 불교공부를
하면서 알게 되었다. 명상수행은 공空을 깨달아 무아無
我를 이루어 나의 아호雅號를 허무虛無로 지었다. 이후로
중도中道의 길에 들어서서 수행하고 있다는 것을 알게
되었다.
   −「공空」 전문

   미천한 철학적 사유의 한가운데에 '공'이랄지 '중
도'랄지 '중용'이랄지 '외경'이랄지 그런 과정에 대한
만족할만한 긍정의 순간이 있었다. 그건 인류사 속에
사라질 수 없는 것처럼 만연한 가장 헛된 욕망과 허
영과 만용을 호통치거나 어루만지고자 한, '너희는

우주적 존재가 아니냐' 하는 역사 속 스승들의 도저한 깨달음의 언어가 아니었을까. 시인은 말한다. "공空을 깨달아 무아無我를 이루어 나의 아호雅號를 허무虛無로 지었다. 이후로 중도中道의 길에 들어서서 수행하고 있다는 것을 알게 되었다." 그리하여 시인은 그 수행의 잉걸불을 지금도 기꺼이 태우고 있는 건 아닐까. 시를 위한 시가 아니라, 명상수행을 위한 시, '아상我相을 벗은 무아無我'를 위한 시를 쓰게 된 건 아닐까. '사랑'에는 이유가 없다. 그렇다면 '삶'에도 이유가 없는 것! '깨달음'에는 이유가 있는가? 부처와의 '인연'에도 이유가 있는가?

깊고 넓은 바다에는 이유가 없다. 태양빛에 무슨 이유가 있는가? 우주 생명인 인간의 삶을 들여다본다 한들, 희망이나 절망이나 마음이나 몸이나 우리가 해석하며 '고 집 멸 도'의 외로운 길을 걸을 수 있을 뿐 '이 때문에 내가 태어났다!' 그 존재의 한 마디가 해탈의 동굴을 빛으로 가득 채웠다손 치더라도 목숨이란, 과거도 미래도 없는 '시간의 지금' 저 허공의 한 흐름일 뿐! 시인의 시 한 마디를 노랫말처럼 흥얼거

리며 '부처와 바람과 내 몸의 향기'를 선물 받은 이 글
을 마친다.

　　몸의 해탈은 죽음이다 하여 육신의 괴로움이 소멸되고
　　마음의 해탈은 비움이다 하여 번뇌 망상이 소멸된다
　　해탈한 마음이 바람이다
　　바람으로 어디에나 거침없이 도달하는 것이 부처다
　　몸 안에서 바람이 분다
　　극락에서 부는 향기로운 바람이다"
　　　－「견성성불見性成佛」 부분

불교문예작품선 009

허공의 어름사니

©박병대 2024, Printed in Seoul, Korea

초판 인쇄 | 2024년 10월 07일
초판 발행 | 2024년 10월 12일

지은이 | 박병대
펴낸이 | 문병구
편 집 | 구름나무
디자인 | 쏠트라인saltline
펴낸곳 | 불교문예출판부

등록번호 | 제312-2005-000016호(2005년 6월 27일)
주   소 | 03656 서울시 서대문구 가좌로2길 50
전화번호 | 02) 308-9520
전자우편 | bulmoonye@hanmail.net

ISBN : 978-89-97276-80-6(03810)
값 : 15,000원